许知远曾经说：背对盛世中国，追寻内在自由。

任 何 一 个 时 代 

总 望 能 有 一 些 甘 愿 背 对 的 人

有 一 些 特 立 独 行 的 灵 魂

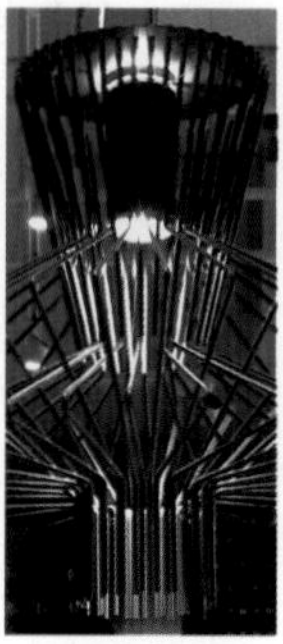

灯火夜微明

京城书店岁时记

田海遥 著

中央编译出版社
CCTP
Central Compilation & Translation Press

目录

愿善始不终

自序

我记不起究竟在书店里度过了多少时日。

外面长街寂寂，天光如细雨，自铅灰色的云间缓缓落下。而那一道门中，灰尘正安静地腾起，转瞬已顺着一个方向聚成圆形，慢慢流荡在熹微的晨光里。此景岂不可比作王世襄老先生笔下那一盘一盘的灰鸽子？若兴致起了，不妨再吹上几口气，便见鸽群三起三落之态了。于是店堂可做院落，旁侧的书箱可拟作鸽舍，逢短信音，也可勉强为鸽哨声。沈复《浮生六记》里讲："夏蚊成雷，私拟作群鹤舞于空中。"此种趣味，我大抵也曾识得一二。有时候旁人问我：读书之乐何在？大概除了消磨长日，便是能有些幻想的素材和一点于荒旷处赏山水的情致吧。

我在这座城市里长大，是千千万万受益于它那遍布街巷的小书铺的读者之一。而我也曾以为那些书店不移不易，以为它们会在我离开这里之后仍长久地存在，就好像它们安静地走过了我未曾参与的漫长岁月一样。然而那些一度星罗棋布的小书店，却忽然无声无息地消失了。我常常会回想起来，最后一次去那家书店，看到空荡荡的书架如骷髅般立着，覆着灰的书杂乱地堆在一旁，一只小白猫在山一样的书堆间漫无目的地游荡。而我看见书店老板，那个我在认字时就认识了的人，将裙子提到膝盖，绕过阻塞过道的书，无声地走过来。我记不起她的神情，只记得她说："我很抱歉。"而彼时我尚清晰地记得，几年前她是如何兴奋地同我说，开书店是她一直以来的梦想。

后来潇水堂宣布要关店，送别、捡漏的人挤满了冷清了好几年的小屋。再后来时尚廊要搬迁，又是一波热闹……我会刻意避开这样的时刻。想想也很残忍，开书店是他们的夙愿，而在这样的日子里，这梦想灰飞烟灭。前两天跟一个朋友聊天，记不起具体谈些什么了，我说善始善终很好，而他沉吟片刻答道：善始不终更好。我做这个摄影项目，也是抱着这样一点愿望，希望凭我的一点努力，能帮助它们留下。而在未来的岁月里，我希望能再推开它们的门，却不是为了送别。

以上这些拉拉杂杂的片段，大概便是这个摄影项目的源起。记录下书店的影像，是想着能让更多的人看到它们的美，知道它们于这城市的意义。开书店是逆流而上，在这城市里争得一片立足之地已是万分艰辛，而这个摄影项目，和这本由之而来的小书，权且算作我个人的一点微小的贡献吧。

起初，所有的照片都发在一个叫"聿曰"的微信公众平台上。这名字是繁体的"書"字拆开，也是起名时偷懒。那时候完全源自一种对独立书店的喜欢，以及对它们没落的惋惜。书店拍得多了，听了很多关于这个行业的故事，苦乐酸辛，五味陈杂。有时候也会问自己，这些努力究竟有无意义，是否真的在逆流而行。我对纸质书，对实体书店，是毫无疑问地喜欢；但若问我是否对它们的未来抱有信心，我无法给出一个答案。

我对独立书店抱着十分真挚而深厚的感情，但同时，我需要它们，也出于一种纯粹实用的考虑。书店有它所不能为网购所替代的好处。就比如我若想寻与鲁迅先生有关的研究资料，就会顺着胡同溜达到鲁博书屋；若是想看看电影理论，则要走进斑马书店的小院。我在这些选书极其专精、独立的小书店里，寻到了许多在各个网站都没能找到的心仪之书。这些书在网上往往是不卖的，因为需求量太小。但这样的需求却始终存在着，于是就有了小书店。

或者说，即便没有明确的目标，也不妨随时走进一个小书店转转。书店不同于网购，许你四处流连，随意翻看，于是常能撞见不经意的惊喜。就好比女人买衣服，去商场往往不是为了明日出不了门的应急，而是“随便看看”。但如果不常常“随便看看”，难免在真正需要的时候衣橱空空。

于我个人而言，与书有关的乐趣并不限于读书本身，也在于四处寻访的过程。所谓淘书的乐趣，全在一个“淘”字。我书架上的书，其实没什么珍贵的善本。说起来这些书真要拿出去卖给中国书店，实际上也收不了几个钱，然而这种费心寻访四处积聚的心思，却是不宜用金钱来衡量的。我之所以特别珍视，是因为那上千册书是我在这么长的时间里一本一本，从各种各样的地方，因为各种各样的机缘聚起来的，有些甚至来自别的城市、别的大洲。在藏书以求升值的人看来，我这些书实在是太普通了，然而于我，却是千金不换的看重。比如，你若抽出一本《等待戈多》，我就可以告诉你那是个很冷的秋天，我在万圣书园吃了蛋汁培根意面，这本书，在里侧书架的第二层，我拿下来时店里的黑猫趴在边上，而若你想知道，那只猫已经快十岁了，名字叫平安。

常有人批评这个时代的浮躁，责备人们不读经典。其实很古的时候大概还不如现在，毕竟识字的人就有限。而再近一些的年代，也永远是被流行文学占据的，所以，在读经典这方面，现代人倒没必要过度自卑。所谓大众不读严肃著作，在任何时候，都不能成为我们不需要书店的理由。万圣书园里写了一句话：是谁传下这行业，黄昏里点亮一盏灯。我们并不处在千年不遇的光明或黑暗里，但我们永远需要点灯的人。

这两日我整理这些照片和文字，想想这个摄影项目开始时的磕磕绊绊，和如今这一点令我很欣喜的成绩，也颇有些感慨。单向街书店的创始人之一许知远曾经说：背对盛世中国，追寻内在自由。这话我很喜欢，大概是因为任何一个时代，辉煌也好衰落也罢，总望能有一些甘愿背对的人，有一些特立独行的灵魂。我常常在想，这城市对书店的需要，多过了我们的想象。而想想这些书店坚持过的这些日子，为了给我们一个深夜里的去处，又忍受了多少痛苦，便会陡然生出深深的敬意。

这本小书中，一共收录了二十六家京城书店。城市广阔，时日有限，还有许多没能到访的，希望以后能有机会补上。三味书屋是京城第一家民营书店，故以之为开篇；有禾里方歇业，惋惜不已，为尾声。另外二十四家书店，按我个人对书店的感觉，分别与二十四节气对应，一来纪念我走访书店的一年时光，二来，也怀着一点四季有书的期许。

这个项目能够开始，首先要感谢我的父母，一直以来默默支持。第二是我的课外活动导师 Randall Crismond，若不是他长久的敦促和建议，“聿曰”不会有今日这一点成就。另外，“聿曰”公众平台是与三位朋友——蔡钰洁、潘理航、张天一一同创立的，如果没有当时的共同努力，也不会有“聿曰”的存在。纵然我的文章还有许多不足之处，我的同学朋友们却一直点赞、转发，“聿曰”的读者们也常常在后台写极用心的回复。我也通过这些回复，认识了几位很投缘的朋友，其中一位还为此书写了后记。感谢这些人帮助“聿曰”成长。

而这本书得以出版，要感谢朗朗书房的努力，与总编呼延华先生初次沟通还得到了一大摞赠书，实在是很不好意思。我的责任编辑佳碧为这本书付出了很多的努力，尤其是提出了很多有意思的想法，比如以时间为主线串起这些书店。当时因为拍摄斑马书店认识了店长明华，而她现在也成了这本书的策划，不得不说是很有趣的缘分。这本书的版务雨薇（她自称是“跨界的万能青年”），也在这本书的写作过程中给了我很多支持和建议。另外感谢各个书店的老板们允许我拍摄，也感谢“聿曰”的读者们一直以来的阅读和评论。

书店如今逆流而行，希冀着在未来改变潮水的方向。如果说这些书店筑起了一座堡垒，来守护我们的自由，那我便以这本小书，为它添上一块砖吧。

三味书屋

开篇

地　　址：北京市西城区复兴门内大街 20 号

书籍类型：文学，历史，读书

关 键 词：1988，茶，闹中取静

京城首家民营书店，三十年来，周遭天翻地覆，唯此处不移不易

感其先行之勇气，恒常之精神，遂以为开篇

人类文明史

味书屋
術設計作品展
借草

拍了二十多家书店，这过程中经常有人跟我说，你一定要去三味书屋看看。

按着地址，一拐进佟麟阁路，便是三味书屋了。面对西单，临长安街，这样的地段竟也能容下一家书店，实在令人诧异。有居北京年头久的读者说，这一带天翻地覆，奇了这书店安安静静，一开就是二十几年。

店里安静，行走其间，脚步自会慢上三分。到四点多，读者陆续多了些，大概就是这些在书架间缓步慢行的人，让三味书屋得以长久地存在下去吧。店里鲜有装饰，只安安静静的十几架书，却别有一番谦恭温厚的意味。老板也是个不多话的人，除非读者要找某一部作品，平素就坐在一边读书，倒也很合书店的整体气氛。可能是因为开店年久，三味书屋处处透出一种老派的从容气度，这一点就是万圣也要稍逊一筹。

午后，店里只老板在柜台后读书，不放音乐，亦无文艺气息浓厚的咖啡厅。这样纯粹地卖书，在北京的书店里也是不多见

江城
一九八四
为你，耶路撒冷
礼拜二午睡时刻

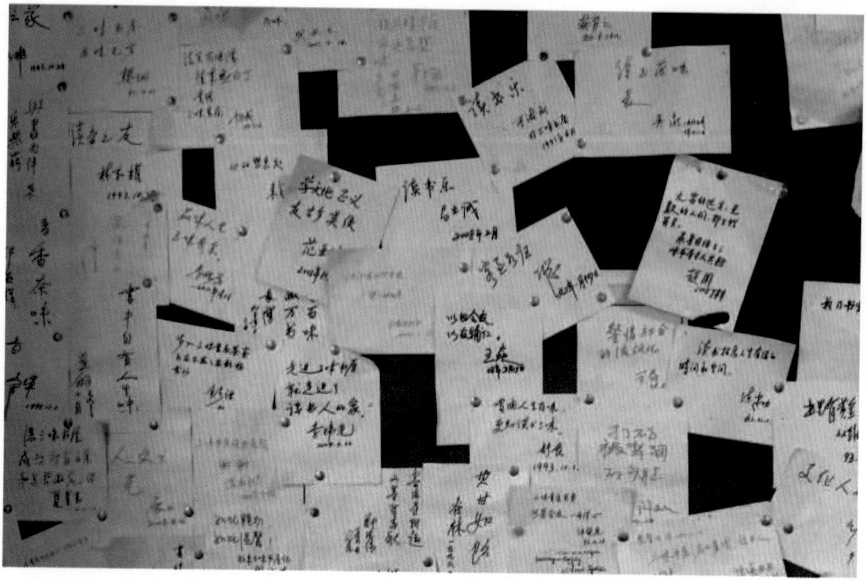

的。所幸书店选书水平过硬，且似是对“与书有关的书”特别偏爱，诸位京城藏书家的访书笔记都可寻到。我在店里找到了黄裳的《来燕榭集外文钞》，甚喜。另外有很多柯卫东和谢其章的小册子，这二位的谈书小集我也基本收齐，尤其喜欢谢其章，谈起书来天马行空，掌故信手拈来，文风也内敛深厚。

店里有不少先前读者留下的赠语，能看到谷林、许觉民、方成等名字，可见书店在文艺界的地位。以前我去鲁博书屋的时候，店长看到我爱读周作人和止庵，特意推荐了谷林的《上水船甲集》和《上水船乙集》。回家开卷，文风果然极其端庄典雅，非极纯粹的读书人，不能为之。

很惊喜看到了曹辛之老先生的金文题词，写的是“读者作者之家”。我有一次去模范书局的时候，跟店长聊起曹辛之，正巧店里还藏有一枚老先生亲自设计的藏书票。对于对装帧感兴趣的

读者，《曹辛之集》值得一看，先生的装帧设计真可谓是典雅明丽，极富书卷气。

我知道冯亦代先生，是因了北岛的一篇散文《听风楼记》。听风楼是冯亦代先生从前的居室，如此命名盖此屋坐南朝北又把着楼角，冬日西北风肆虐，鬼哭狼嚎不及也。本该是不堪其扰，冯先生却说听窗外风潮澎湃，能助其思潮起伏，文思泉涌。屋子狭窄，却未命名成“听风旮旯”，仍要用一个“楼”字，这种开阔心境也是少见。如今偶然在三味书屋买到冯亦代先生的散文集《龙套泪眼》，见其中有一篇《记听风楼》，遂找出北岛的文章共读，有故人远道而归之感。紧接着《记听风楼》，便是《辞听风楼》。可以说，听风楼于冯亦代，如缘缘堂于

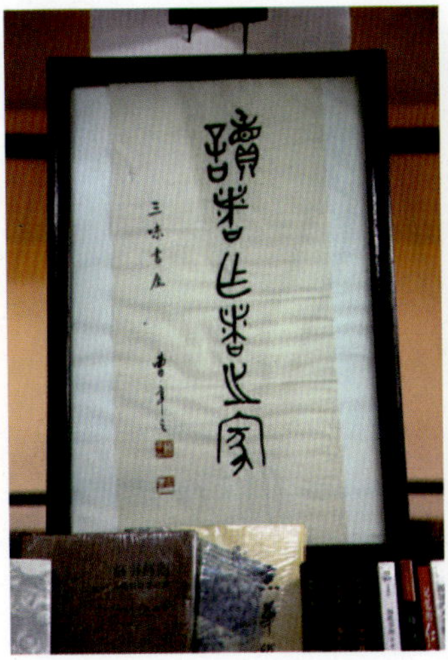

丰子恺，皆是托身寄梦之所在。而丰子恺亦在 1939 年写过一篇《辞缘缘堂》，动人心魄，至今不能忘怀。两人的文章都冲淡，一见一别的寻常叙述中却自有一片深情。

我常常犹豫要不要买一本董桥的书搁在书架上，主要是他的书，装帧实在精致。这话绝无恶意，虽然我明确表示过不喜欢董桥的文风，但这种不喜欢与不喜欢梁文道、陶杰和批评董桥的冯唐，是完全不同的概念。董桥炼字功夫下得太过，几句看来还好，却撑不起长篇，往往小品文千字极限，一长就发飘。然而话说回来，虽然董桥文字甜得发腻，主题也局限，却总还是能看到一点温良谦恭的意思。至于批评他的冯唐，除了一点哗众取宠的小聪明和一点刻意装出来的痞气，一副空壳而已。

看到这个角落完全说不出话来。想起从前读杨显惠的作品，那样的淋漓鲜血和砭骨寒意，却是那样平静的叙述。从来没读到过任何一个作者，可以这样细致而残忍地记录下绝境中的人性。杨显惠绝对可以列入那种一提起便让人肃然起敬的作家。这个世

界需要这样的记录者。

我很喜欢黄裳的文章，喜欢到他的书见一本买一本，翻都不翻，因为已划为免检产品。比较有意思的是，我读到的第一篇黄裳的文章是《蠹鱼篇》，绝对一读倾心，可黄裳的书集了个差不多，一直都没在其中读到过《蠹鱼篇》，最后竟然在这本《来燕榭集外文钞》找到。三载阔别，在三味书屋重逢。

放这张照片就要表达一个意思，请去读唐诺的《尽头》。第一，从来没见过一篇读书笔记能写三万字的，一个引子一路说下去，结尾还能一个圈兜回来，实在不易。第二，现在楼上随便掉点东西都能砸着一个写书评的，但里面读过很多书且还在认真读书的，基本上没有。《尽头》的可贵在于，它是一位专业读者尽心竭力提供的一份成熟、准确而有体系的读书笔记。

时尚廊

立春

地　　址：北京市朝阳区光华路时尚大厦 2 层 L214 号

书籍类型：设计，艺术

关 键 词：设计，外版图书，西式简餐，讲座沙龙

书店宣言：开放式的艺文空间

时尚廊方辞世贸天阶，正值搬迁之时

曾于店中购得摄影集无数，感念于心，取立春“始振”之意

愿其重生

Whisky

TOUCANS
GAIA

2014年12月中旬，“聿曰”还不满一百天，我倒了几班地铁，复沿着长长的路边走边问，终于看见时尚廊的大门。长别一载，前几日听说，时尚廊要离开世贸天阶。那几天店里熙熙攘攘，淘书捡漏者有之，叹惋送别者有之。可叹开店七年，最热闹是离别……所幸并未山穷水尽，时尚廊即将搬迁到新址，愿早日重新见到它。

从最开始拍摄，到现在整理书稿，不过一年时间，拍过的书店已经零零落落不见了两家，或搬迁或停业。我曾考虑过把它们从原稿中删去，最终也还是留了下来。我当然是想这本小书能给寻访书店的人带来一些方便，但也期望一些已经不在了的好书店能被记住。我不是学艺术做设计的人，时尚廊这么久也只到过一次，但它是值得被尊敬的书店，这一点我从未怀疑。

这几天打开微博，看到时尚廊发了一张照片，空荡荡的象牙白书架间最后一个读者踽踽前行。于是我忽然意识到，真的是时候说再见了。

有时候我会因为各种各样的人，各种各样的事忽然想起时尚廊，纵然他们之间并没有什么干系。比如外面阴雨连绵，会想到

去时尚廊的时候也是一个阴天；而雨停后，天光透过铅灰色的云层落下，又想找个人说，你知道吗，我去时尚廊的时候可不是这种好天气。

至于为什么选择时尚廊，它本身是个难得的好书店，只是原因的一部分，更因为它是我在这个摄影项目里第一个专程走访的海淀区外的书店。先前去过三里屯的 PageOne, 但那时是和朋友出去顺道路过，不能计算在内。之前一直嫌路远，总琢磨着把远一些的书店往后排，到现在朝阳区的书店也没去过几家。不知

SENSE
VOGUE
SPUR
Free&Easy
POPEYE
FASHION
FREE with VOGUE
着回し大作戦!!
STREET
showdetails

Big Art
Small Art
ART

时装设计
A Century of Fashion
Schiffer
300% Cotton, More T-Shirt Graphics
BOOK
KNIT

怎么竟然那样早就到过了时尚廊，如今想来，惋惜之余也有一点庆幸。

到时尚廊的时候，是周四的下午。时尚廊在大厦二层，以艺术类图书为主，于是设计上也就极具匠心。只有真正到过，才能理解名字里的“廊”字绝非虚指。踏入店门，便如同走进一道蜿蜒的长廊，两侧是高至天棚的白色书架，贴着墙一路延伸到深处，如同波浪一般。门口有杂志专区，有不少以时尚设计为主题的小众杂志和独立出版物，中间是矮几和置物架。

虽说书店看着不大，里面却别有洞天。书架林立之余，更有一个同样以白色为主要基调的餐厅，能见到三三两两的人坐在窗前聊天看书。因为采光很好，我挑完书以后也去小坐了一会儿，提拉米苏蛋糕意外的好吃。

时尚廊一向以别处难以寻到的外版艺术图书闻名，绝对是

京城规模最大的艺术书店。有关设计的书分类做得很细，时装、室内、餐厅、建筑、珠宝各据一架，英文法文皆有。好坏我看不出门道，不过据一个喜欢建筑的朋友说选书极佳。另一侧有整整一面墙的摄影集和摄影理论，只恨自己不懂法语。

大多数书籍都是厚重的画册，辛苦店员们日日整理。行走在艺术类书店中，纵然不买书，只欣赏封面装帧也可大饱眼福。有时候会想，纵然抛开时尚廊对爱好艺术的读者的意义，单单书店的美感就值得在这座城里占有一席之地。

在店里买了几本摄影集，很遗憾忘记盖店章，于是只能盼望时尚廊早日重新开业，能够去补上了。

朴道草堂

雨水

地　　址：北京市西城区南锣鼓巷帽儿胡同 4 号

书籍类型：文学，历史，艺术，原版书

书店宣言：做中国最安静的书店

草堂僻居一隅，任巷外人声鼎沸而自岿然不动。继斯文，不求人知

取“东风解冻，散而为雨”之意，赞其无声润物之德

朴道草堂

雨水

地　　址：北京市西城区南锣鼓巷帽儿胡同 4 号
书籍类型：文学，历史，艺术，原版书
书店宣言：做中国最安静的书店

草堂僻居一隅，任巷外人声鼎沸而自岿然不动。继斯文，不求人知

取“东风解冻，散而为雨”之意，赞其无声润物之德

朴道草堂在北京书店圈子里也算颇有名气，试想在南锣鼓巷这种寸土寸金的旅游区，能开一家书店，也是颇有勇气的。且南锣一贯吵嚷喧嚣，能逆势而行，坚守一个安静的角落，几多不易可想而知。朴道草堂过去是会员制，读者们在此喝茶、聊天、看书、借书，到如今也四五年了。之前我慕名去过两三次，可惜书店一直在装修，到前天才终于能一窥真容。

小店在帽儿胡同，走到巷口就是南锣主街。此般选址，真是“结庐在人境，而无车马喧”。书店不大，后院是茶室，前厅是书架和一张长案。店里清一色的木架，阳光当窗而入，店员坐在柜台后看书。午后天热，案上的绿萝全趴下来。店里起初只我一个读者，而后陆续进来十数人，皆草草看过一番便离去了。想想门外数十步就是南锣鼓巷，人声鼎沸、车声不绝，此处却如置碧水苍山之间，既荒谬又幸运。

书店选书实在太与众不同，我好歹也自诩到过北京大半的书店，转悠一圈一般总能大概知道个选书方向。然而在朴道草堂却完全看不出名堂，好多书从未见过，便是知道的书，也往往是奇怪的版本。一般来讲，各家书店虽然有自己的经营特色，但选书

总有重叠，诸如陈丹青、木心、马尔克斯、村上春树、杜拉斯的作品，几乎各家都有，然而朴道草堂却几乎找不到和其他书店的任何交集。到此时我不禁要怀疑，朴道草堂的选书负责人是否每次都是静观其他书店人挑完，然后再施施然过去选啊。这选书的独立性真是无书店可望其项背。

只大概可以得知是文史和艺术方向，许多书都是 2000 年前后出版的，在别的书店早已下架了。偌大的北京城中，如此这般“不合时宜”的书店，大概只此一家吧。不过若仔细看，朴道草堂的选书质量还是很高的。居然找到了 Enrique Vila-Matas 的 *Bartleby & Co.*, 这本书我特意在好几个外文书店问过，从来都是没有，这次竟然在一个小巷子里的书店找到。另还有许宏泉的《闲花野草集》，范用的《泥土脚印》，念楼主人的《偶然集》，孙郁的《鲁迅书影录》，也都是找了许久一直没在其他书店见过的书。

大概店长颇喜欢乡土文学，书店中见着了好几本老村的作品，包括《黑脎》《骚土》和《痴人说梦》。老村其人虽是作家，却游离于文坛之外，既不搞签售、读书会，也不四处巡讲，所以名声并不显赫。然而观其文，却觉一股惊人的生命力，自那满纸的方言土语中喷薄而出。旁边就是2002年辽宁教育出版社出的《傅雷全集》，如今若想买，恐怕得去旧书铺或者孔夫子旧书网。吾生也晚，真正开始流连书店之间得是近几年的事。想来岁数大一些的人，若来到朴道草堂，大概会恍然有时光倒流十年之感吧。

右侧是《近三百年学人翰墨》，我买的是2013年中华书局的版本，黄山书社的第一版一直是只闻其名，此番倒是头次见了。编者许宏泉收集学人书法作品多年，集成此书。虽说这些学人往往不以书法名世，然亦不乏笔下见功夫者。一路从清初到民国，其人大多早已谢世，而笔墨尚流传于世，读时不觉生出许多感慨。书店里的书看似摆得很随意，然而若细看，则明白其实是下了苦功的。如《近三百年学人翰墨》旁边一格便是此书编者许

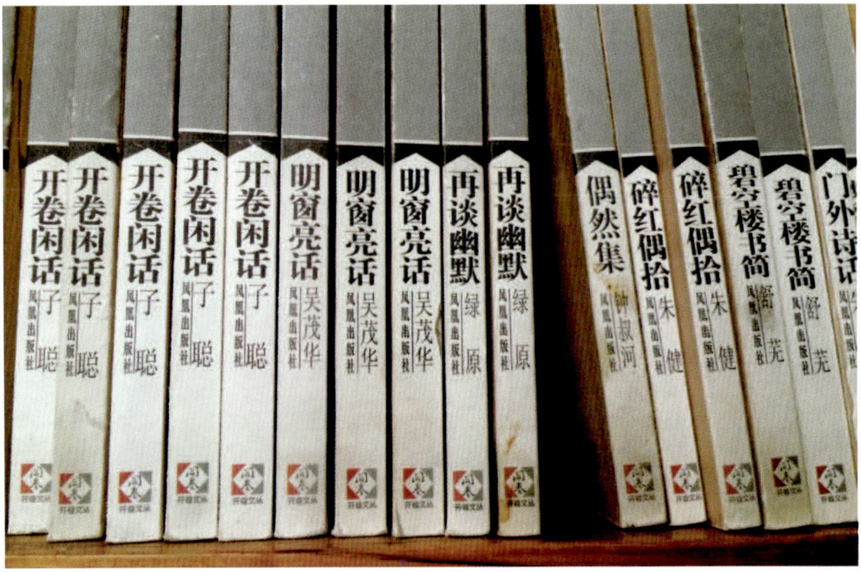

宏泉先生的《闲花野草集》。许宏泉本是画家，文名倒是俨然有盖过画名的趋势。难得见着他的小品画集，一并带走。

另见到了三秦出版社的《历代名家小品文集》，也是有些年头的书，出版之时我刚上小学。原来在一家家附近的书店见过，如今再见，可不是有故人重逢之感嘛。忙一些的时候往往愿意看些“闲书”，此番偶然碰到开卷文丛数十种，正合心意。杨小洲在《夜雨书窗》里曾说，范用先生三多：书多，酒多，朋友多，

阅之就不能忘。如今寻到范用先生的《泥土脚印》，正可一读。另还有念楼主人的《偶然集》、绿原的《再谈幽默》也都是一直想买的书。念楼主人是极具独立性的编辑，当时《周作人散文全集》便是他力主出版的，单为此，便值得世人敬重。

最惊讶的一点是，当我抱着这一摞书到柜台结账的时候，店员瞅了一眼，然后来了一句："你随便给吧。"也可能是我表现得太过震惊，店员又解释说书店里都是老板的书，老板打算改行做出版，这些书卖掉就好了，所以，价格随意。语毕，复指着一墙的原版书说："三十一本。"最终我还是按照书的原价付的，*Bartleby & Co.* 给了一百块钱（这书三十拿走简直于心不忍）。

朴道草堂自己出纪念藏书票，卡片后面印有聂鲁达的诗句，设计颇有意趣，走的时候店员送了几份。另则在书店买书，店员都会很认真地给盖上朴道草堂的店章。比较有意思的是，店员今儿头一回从隔壁老板那儿知道印泥需要搅拌，一边盖一边跟我说：要不是隔壁老板以前是做印泥生意的，大概一直得用错。

本来以为地处商业街的书店不过是徒有其表，朴道草堂却远远超过预期。说起来现在的很多书店选书大同小异，大概书店之间也就装修不同。这样开书店跟连锁企业一样没什么意思。我真心喜欢朴道草堂，大概就因为它的独立性，不论是选址、选书还是经营方式。我也由衷地欣赏未能谋面的书店老板，也许正是这些在一片纷乱中保持了独立性的人，让这个世界多了很多可爱之处。

不自觉便说了这许多闲话，实在是因朴道草堂太与众不同，可爱之处也太多。如今书店往往千篇一律，有这样“不合时宜”的存在，实在是读者之幸。

雅之琦缘书店

惊蛰

地　　址：北京市海淀区清河小营西路清上园小区

书籍类型：文学，历史，社科，童书

桃始华，仓庚鸣，蛰虫始振

十年不远，来日方长，取“仲春之始，万物以荣”之意

美国电影分析
日本经典电视节目模式
传习录 全鉴
中国大历史
林海雪原
文化

前两天有个朋友问我，走了大半的北京书店，是否会觉得厌倦，或者见过了名声在外的书店，如今再去名不见经传的小书铺，可有无趣之感。其实，刚开始做这个项目的时候，我也以为，最值得一去的是像单向街、读易洞、万圣这样知名的书店，而对那些藏身于冷街僻巷中的小书铺，多少抱着一点傲慢的心情。如今回头来看，实在很惭愧。有书店精致，亦有书店朴素，皆有意趣，就好像庙堂之高，江湖之远，何必一论高下。如果非要总结一下这两年走访书店的心情，那便是一方面愈来愈挑剔，另一方面，也愈来愈宽容。

宽容并非是容忍。容忍是很不负责任的混淆是非黑白，宽容则是明白世上不止有一种好，也不仅有一种恶。比如说我以前欣赏单向街的精致，如今仍是如此。只不过我知道在单向街之外，还有万圣，有前流，有许多其他的书店。甚至说，有的专业书店我买不了一本书，但这并不妨碍对需要的人来说是一家好书店。到如今我甚至渐渐放弃给书店归类了。或早或晚，总会发现一家书店谁也不像，只是它自己。因为一个问题可以有很多种答案，一个城市，也需要很多不同的书店。

雅之琦缘这个书店，我在刚开始做这个独立书店摄影项目时就已有所耳闻。早些时候没有造访，是因为距离稍远，交通又很不便，才一直拖着。店长说，这家书店已经开了十年了。我颇为惊讶。并非我不知晓雅之琦缘是京城书店中的元老，但这样长的岁月，却着实未曾想到。十年前，几乎是我刚开始认字读书的时候。而彼时，常去的书店不很多，这些年走的走，散的散，更没剩下什么了。虽说是第一次来雅之琦缘，但听到“十年”二字，竟恍然也有故人重逢之感。

我们来的时候，听说书店不好找，瞪着眼睛看了一路，终于还是走过了，可见是真的不好找。后来跟老板聊起这个事，老板说门口本来有个灯箱，后来让城管收走了，没还回来。我问，那样岂不是会失掉许多顾客？老板回答说，也不尽然，因为经常来的人，都是这周围的居民，其中有不少的学生。而这家书店，就

陪着他们，从小学，到初中，又到高中。这让我觉得极其动人。我一直坚信，书店是应该属于城市，属于社区的。

谈一谈店里的书。其实店里的选书很杂，有文史哲类的专业著作，也有学案教辅之类。若是以往，大概见了教辅便要给一个书店判死刑。不过呢，见了太多没有教辅照样不成的书店，我便渐渐知道，书店烂，也不能全让教辅背锅。这个书店给我最大的感觉，就是如归家，如见故人。两侧是象牙白的木质书架，靠窗几张小桌，窗帘上有浅浅的印花。若是拿着一张照片告诉我这是谁家的书房，我未尝不会被骗了过去。店里没有音乐，也没有什么多余的装饰，看上去和一个普通的文具店或是别的什么地方没有什么不同。是了，为何书店总是要和别的地方不同呢?

我去书店，会见到很多人自拍，然后发朋友圈。而我去的文具店不比书店少，却从没见着有人拿着铅笔或者挥舞着尺子拍照片。人总是更愿意为比较新奇的事物拍照，所以在旅游景点举着相机再正常不过。倘若换了菜市场，那除非是调查物价，体察民情的。有时候会有读者在后台跟我说，计划以后把“聿曰”推荐的书店走一遍。听到这样的话我很开心，但我更希望，他们能去家周围的几个书店，很多很多遍。

我很期待看到书店真正成为很多人生活的一部分的那一天。如今书店行业虽萧条，但也不乏人声鼎沸的。可那样的书店，让我觉得像景点，而书店是不应该作为一个景点活下去的。等到什么时候，更多的人能在下班路上顺道拐进一个小书铺，而不是选出一个黄道吉日，沐浴斋戒后去一个书店“朝圣”，回家再在日记里写：今天风雅了一回。那么书店行业，才真正回暖了。

矫枉难得不过正。大概是前些年读书无用论的风头太盛了，如今满大街振臂高呼读书有奇效，可修身齐家治国平天下的又不知几多。我知道有很多人抱着这样的心情去看书，却没有从书中得到什么一夜顿悟，于是转身开始说，欲洞明世事，纸上文章哪比得实践躬行。可是他们忘了，没有谁向他们保证过，读书可以令他们洞明世事，也并非所有人捧着书本都抱了这样的目的。

关于读书的用处，各人有各人的道理，如果有什么共通之处，便是读书本身是一件乐事。因为漫漫求索是乐事，因为知从前所不知是乐事，所以愿意看看书，逛逛书店，就好比钓鱼、遛鸟、打牌皆是乐事。这些不必分什么高下，世上何曾有固定的雅俗？本都是人心的偏见罢了。若是一个人因为觉得读书高人一等而读书，又如何不是庸俗至极？就好像，园林秀丽到底是人造之景，与真山真水到底不同。

雅之琦缘的十年，是真正属于周围社区的十年。无论是经典著作，还是学案教辅，都是一年一年在这些老顾客手里周转。而它，也是完全以一个书店，而非景点的姿态，走过这十年。回来的路上，我的朋友跟我聊起他的一个发小，说两个人从出生就认识，到如今交情仍然很好。很多人都羡慕他，因为总角相交、情谊不减的朋友实在很少。这也是为什么我看重雅之琦缘这样的地方。在这周围长大的孩子，以后便可以跟人说，有个书店，我在那看了十几年的书。

彼岸书店

春分

地　　址：北京市海淀区北四环中路柏彦大厦 306
书籍类型：文史社科，艺术设计，传统文化等
关 键 词：香道，茶道，文史，艺术，沙龙
书店宣言：阅读，美于心

店中选书、装饰、茶饮皆好，置身其中，乐而忘返

春分日，昼夜均，寒暑平，取其衡平之意

时隔半年，再次踏进彼岸的大门。桌椅重新摆过，书架上添了几个花瓶，墙上复挂了两三幅画。虽则格局变换，却不会生出陌生之感，倒是如多年故友重逢夜话，倍感亲切。京城的书店里，彼岸不算知名，也不是最令我惊艳的，但这几年间，却不知在其中消磨了多少时日。细数曾在彼岸书店度过的很多周末和假期，很感念那难得的安静。

彼岸书店藏在柏彦大厦里，到了三层才能看到书店的招牌，真可谓书店中的隐者。想来彼岸的老板一定是个好古之人，店里四处点缀着手串、茶具、沉香等，近来还在中间的长案上添了一张琴。茶杯沿上流荡着莹莹的微光，旁边便是陆羽的《茶经》，琴侧则立着成公亮先生的《秋籁居琴课》。书和物相得益彰，也能增添不少趣味。

起初知道彼岸书店，源于一篇微信公众号文章，才有了后来在彼岸的许多记忆。那个公众号的名字我已经忘却了，只记得也有一张这样的照片。如今我站在书店的最深处，终于亲眼看见了那个拍摄者眼中的景致。两侧书架延伸到尽头，暖黄色的灯光流泻而下，案上散落着暗红色的玫瑰干花。每当想起这偶然的相识，便觉三生有幸。

在彼岸买过不少书，大半年前曾粗略统计了一次，大概不下百种，如今应又有所增加。店里有中华书局绿皮版的《廿四史》，其实这种书是最不好卖的，读古籍的人本就不多，愿意费力从书店将一套书搬回家的就更鲜有了。单独辟出一个架子，就为了这些可能免不了落灰的古籍，这种事却也不能算不顾现实的顽固，大概只是逆势而行吧。而算起来，哪个独立书店不是在逆势呢?

相比书籍门类极全面的大型综合书店，我反而比较偏爱一些有鲜明经营特色的小书店。一方面是为了找书方便，逛起来也不累；另一方面，去不同书店的意义就在于找到不同的书，看到不同的选书风格。一座城市需要的并不是众多的五脏俱全的图书大厦，而是很多各有特色、相互之间不具备直接竞争关系的小店。书店在不同的领域内做到专精，爱好不同的读者则可以各取所需。

珍藏版
永玉六记
黄永玉

写给大家的
中國美術史

彼岸选书门类虽广，却还是能看到很清晰的方向的。寻常书店往往在中间的推荐柜台上放最畅销的图书，常皆来自马尔克斯、村上春树、奈保尔等热门作家。这其中当然是有很好的书，有许多若干年后，一定还会被世人记得的书，但若是走遍北京，每家店都是如此，那跟新华书店的若干连锁店有何区别？实在辜负独立书店的名头。

彼岸的选书则能看到很鲜明的个人喜好，比如卡波蒂的《冷血》、麦卡锡的《边境三部曲》、赫拉巴尔的《过于喧嚣的孤独》，其他书店纵然有，也不过是能在书架上给一席之地。在彼岸，则列在中央，每本都有长长的手写推荐语。并非说这几种书就一定胜于前面的，只是若是不同的书店能在推荐上保有特色，互相间不但能有所补益，于读者也是幸事。

即便不买书，约二三友人来彼岸小坐，品茶叙旧也可。书店有四五个隔间，中央的选书区域也由几层帘子隔开，行至不会扰到别人。帘子本身极轻薄，不会挡光，透过帘子能看到虚虚的影，忽然就生出庭院深深之感。

一年多前在彼岸买过一个杯子，天天用它喝水。书架上来自彼岸的书立了几排，也有不少作家是因为彼岸才第一次知道。

有机会的话，我想对彼岸书店说句谢谢。很快就要离开京城，不知再回来时，彼岸又是什么模样。几年前我因为一张照片得以与它相识，如今也拍下这些照片，希望能让更多人认识它。行走于北京的独立书店之间，我有时会抱着一种妄念，企盼着这躺在电脑里的几千张照片，可以帮助它们留在我长大的城市里。

鲁博书屋

清明

地　　址：北京市西城区宫门口二条 19 号（鲁迅博物馆内）
书籍类型：鲁迅作品，鲁迅研究，中国现代文学
关 键 词：鲁迅研究，纪念品，毛边书，画册

初访正值春日，细雨带轻虹

店中庄严疏朗，清和明净

清明时，桐始化，虹始见，取其虹之象与洁之意

鲁博书屋创办于1993年，隶属于北京鲁迅博物馆，主要经营鲁迅作品及相关研究著作，另有相当一部分中国现代文学作品。鲁迅博物馆在宫门口二条，中间是陈列厅，再往里去是鲁迅故居，鲁博书屋就在鲁迅旧居的胡同口处。因为是周四，院子里很清静。陈列厅原是分上下两层，一层还有零星几个游客，顺着楼梯下去则几乎只我一个了。馆内展品大多是鲁迅先生生前的手稿、日记和书信，另有生前所藏书画及文物。看到一件知堂先生的日记，其中录了鲁迅所作的《别诸弟》三首，其中第二首末句云：“夹道万株杨柳树，望中都化断肠花。”日暮烟深时的游子情怀，很是动人。

我周围的人大多不大喜欢鲁迅，动辄就要有人语重心长地跟我讲：“鲁迅的作品被高估了。”搁以往，我总要反驳两句，后来发现，这些人并不是真的想讨论文学。甭管我是说旧体诗意象还

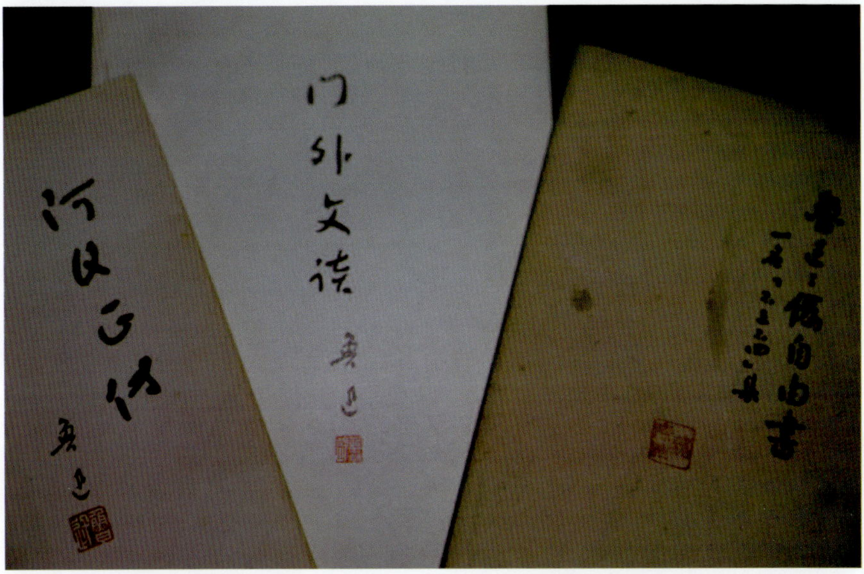
门外文谈
鲁迅

准風月談
杂文64篇，1934年12

是讲短篇小说的行文，这些人都会来一句：“唉，你不懂政治啊！”神情很惋惜，又有点得意的样子。最有趣的是有一次一位仁兄见我开始举例说明鲁迅先生的文学成就，竟然打断说：“别说这些没用的，我不关心他的小说。”后来去书店去得多了，遇到图书签售会之类的活动，常听到请来助阵的嘉宾说“我没怎么读过这本书”或者“我就随便翻了翻”之类。然后我就会突然想起那些天天将“鲁迅被高估了”挂在嘴边的人。我琢磨着，大概“贴标签”和“下论断”这种行为肯定特别有快感，于是为了不影响他们享受这种快感，再遇到说鲁迅被高估了的人我也就不反驳了。

小学课本里就选了鲁迅先生的文章，读了这么多年，我从未觉得先生的作品被高估，只是他的形象被窄化了。一提鲁迅，大家想到的往往是一个斗士，在一行行文学常识和一张张试卷中变成了一个图腾或者一个符号。而他文章中那些精微而动人的妙处，反倒没有什么人去关心，这是一件很可惜的事情。另外，虽然语文课本里选了那么多先生的文章，但那些写作以外的事情，比如淘书、藏画、喜爱毛边书、亲自设计作品封面，倒是从未提及，这也是一件很可惜的事。

鲁迅博物馆藏有第一版《准风月谈》。《准风月谈》是鲁迅先生的第一部杂文集，笔锋犀利，时有冷幽默。记得原来顾随先生讲诗词时曾说，写伟大作品的人要有寂寞心。然而有寂寞心不代表不能写热烈的作品。另一本回忆鲁迅的集子里说（我记不清作者了），鲁迅先生说笑话时，脸上能刮下霜来。这大概就是有寂寞心的人。

坐落在巷口的鲁博书屋，总共不过二十多平方米的样子，却满架琳琅。店中大多是鲁迅先生的著述和相关的研究著作，兼有各类纪念品。选书非常合我的口味，一边转一边和老板聊喜欢的作家和各种掌故也是乐事一桩。店里空间不大，收拾得却还干净整齐。中间的桌上放着一套鲁迅杂文集，一本丰子恺绘插图的

《鲁迅画传》，另有一些鲁迅研究资料。

店里收了各种版本的《鲁迅全集》，煌煌十几卷，摆在书架上一定很有气势。不过我一般不爱买全集，而是一本一本买，大概因为一下子买全十几本书难免望而生畏，买回家反而不会开始读了。国内书店大概没有比鲁博书屋所收的鲁迅作品和研究资料更多的了，对先生生平和作品感兴趣的读者一定要来上一趟。

店里有一套二十世纪七十年代版本的《鲁迅全集》，我基本上收齐了，惟有《二心集》和《而已集》一直没有买到，这次正好补齐。书店单独有一个小架子放一些旧书，每一本都用塑料膜封好，防止损坏。说起来，鲁迅先生最喜欢给自己的作品设计封面，这本《呐喊》的封面是其中最成功的作品，既承继了鲁迅设计的封面的大方素净的整体风格，又在字体上很下功夫，“呐喊”二字类似汉隶体，庄重古雅，加上红黑配色，有“于无声处听惊雷”的效果。

鲁迅曾多次提到自己喜欢毛边书。所谓毛边书就是书籍装订后不对纸张进行裁剪，于是除了书脊，三面皆是毛茸茸的。毛边书书页连在一起，读书时就得读一页裁开一页，我嫌麻烦，不过有些读者就喜欢边读书边裁页。一般书籍出版不会出毛边本，就算出也只一两百本，鲁博书屋和很多家出版社有合作，所以这些毛边书往往在别处是买不到的。

一边翻书一边跟老板聊天，发现读书喜好竟很类似。老板看我喜好知堂和止庵的文章，遂找出一套谷林的《上水船甲集》和《上水船乙集》，另推荐了罗孚的《北京十年》，回家翻来，果然喜欢得很。

店里还有些与鲁迅先生相关的纪念品，中间那幅原版是一位日本画家所绘，非常生动有趣，与寻常课本上严肃的先生形象颇不相同。鲁博书屋我后来又断断续续去了很多次，店里书籍更新得很频繁，每次去都能寻到想读的书。以作家为主题的书店在北京我现下知道两家，一个是鲁博书屋，一个是老舍纪念馆书店，后者一直没抽出时间去。2015 年老舍逝世纪念日的时候，听说了那家书店歇业的消息。

正阳书局

谷雨

地　　址：北京市西城区西四南大街 43 号（元万松老人塔院内）

书籍类型：与北京文化相关的各种书籍杂志

关 键 词：老北京，茶馆，旧书

书店宣言：做胡同里的一盏小路灯

清明断雪，谷雨断霜。天地回暖，饮雨前茶

入得正阳书局小院，但见古塔一座，小桌三五

正宜约一二友人，品茶听琴，故沿谷雨日饮茶之意

老北京
地图的记忆

西城
BEIJING CITY
消失的胡同

正阳书局老店开在廊坊二条，大约只有二十平方米，店里却被成堆的旧书和老物件塞得满满当当的。不久前，正阳书局又在西四开了分号，就在万松老人塔院内，既是书店，也是茶馆。分号有个院子，宽敞了许多，在书店里看书累了，可以到老人塔下舒活舒活筋骨，或者坐在廊下喝杯茶。

去的时候是下午，阳光正好，院子里有几个人在喝茶，店里寥寥几个读者各自看书，书房中一直在循环播放管平湖先生的《流水》，据老板说，这是他最喜欢的古琴曲。书店里全是北京历史、地理、风物文献资料等方面的书，后来又增加了京味文学。大概北京书店中，再没有比正阳书局所藏地区资料更多的了。许多诸如《北京印钞厂志》《北京铁路局志》这样的书，都让老板淘换来了。书架本就高，上册又堆了许多旧书和杂志，已触到天棚。这些旧书都是掌柜骑着电动车，一车一车从各个旧书摊拉回来的，如今藏书已逾三万册。

老板姓崔，祖上官宦之家，六代世居北京。崔家老宅在琉璃厂大安澜营胡同，后来家道中落，搬到大栅栏甘井胡同，崔老板在甘井胡同一直待到 2007 年胡同拆迁。拆迁对他的震动很大，

消失的胡同
消失的胡同

北京的城楼与牌楼结构考察

也使他产生了寻根的愿望，于是几年前开始往返于报国寺旧书市场和各个拍卖会之间搜集关于老北京的书籍资料。正阳书局成立于 2009 年，如今已走过了六个年头，刚开始诸事艰难，连逮耗子都是必修课，因为店里旧书很多，若是被耗子咬了，篓子就大了。

如今书店相当红火，许多对老北京文化感兴趣的人和研究北京历史风俗的学者都会专程到这里来找书。当时我挑了一套新版的李家瑞先生的《北平风俗类征》，老板还从柜台后面取出来一套此书的初版给我看。那两本书印制于民国二十六年，是商务印书馆的版本，大十六开，保存得相当完好。

找到刘一达的《画虫儿》，很是惊喜。此书小时候看过，绝对是我心目中京味文学的经典，文笔老道而风趣，于刘一达也是毫无疑问的扛鼎之作。说起来这本书的插图是马海方先生绘制的，马海方在京城画坛绝对称得上是风云人物，迷老北京文化的

没有不知道老先生的。要说马海方人物画的好处，大概就是有味、地道且传神。

中间一张小桌上皆是以老北京为题的铅笔画，很多画笔下的胡同今已不存，然而有这样一个小书店能够留下昔日的记忆，也是一件好事。另有几种学苑出版社所出的手绘作品，该社近年出过不少与北京文化相关的精品。其中《京城民居宅院》是郑希成先生所绘，钢笔白描，非常精细。

从家具到陈设，店里随处都是老物件，其中很多都是从各个拆迁的胡同院落里淘来的，所谓“都拆了，才知道珍惜故人旧物”。来书店的读者中，相当大一部分是有一定年龄的老北京人，有时候不是为了买书，只是为了送送看一眼少一眼的老北京。

据说原先砖塔胡同拆迁的时候，曾经发现了几百块有“北京窑”厂铭的青砖，如今到正阳书局，竟然真的看到一块。此砖除了材质略粗、质地极坚外，与普通青砖最大的区别就是窑号没有打在侧面。二十世纪二三十年代间北京西郊有北京窑厂，此砖大概就是那时候的东西。旁边放着一排老北京兔爷，据说每次有人买，掌柜的都会细细讲述兔爷的来历和传承，用掌柜的话说，“不能让人买回一个泥疙瘩去”。

记得以前看过一则新闻，说纽约有一个年轻人，花了很大的精力收集了满满一屋子有关纽约的书籍、杂志和地图。而如今我

到正阳书局，想起了这则新闻，大概那个年轻人和正阳书局的掌柜是同样的人，皆是尽一己之力，去留存一个城市的记忆。我钟爱旧书店，是因为没有任何一个其他的地方，能够如此清晰而又如此模糊地感受到时间的流逝。想想这些书是怎样辛苦地聚来，想想这些门墩青砖怎样从一个三进的大宅院中流出，又怎样周转不定，渐渐蒙尘。更多的，是想想，这座熟悉而生疏的城市，有着怎样的记忆，又将有着怎样的未来……

旁观书社

立夏

地　　址：北京市朝阳区 798 艺术区 798 东街
书籍类型：艺术，文学，宗教，社科
关 键 词：咖啡，小众书籍，音乐
书店宣言：旁观者清

花尽蜂稀，槐荫柳密。时值孟夏，初试单衣

于书社觅得《漆蓝书简》一册，开卷可卧游江南

思及立夏日，江南入雨季，正与书中水汽氤氲之境相和

遂择立夏

旁观书社在北京可以说是最有名的独立书店之一。不过 798 艺术区离我家实在太远了，所以拖到现在才过去。

旁观书社坐落在 798 东街上，标识醒目，十分好找。书店的装修很精致，整体以白色为主，书架皆至天棚，取上层书籍必须借助梯子。单向街在朝阳大悦城的分店也有这样的高书架，美则美矣，看上层图书实在太考验视力，更别提麻烦店员多次取书的抱歉了。书店深处的咖啡厅，陈设简单，却胜在安静。店里光线也很好，在这看上一会儿书还是很惬意的。书架间点缀着绿植和花束，很符合书店清爽的风格。

旁观书社确不是徒有虚名，看得出选书是下了一番功夫的，分类也做得细致，找书很方便。以我目前到过的二十多家北京独立书店来看，大多数书店卖的皆是当季畅销书和那些所谓的“文艺”的书，选书上大同小异，实在没什么特色可言。而旁观在选书方面，至少能看出是很下功夫的，不顺应潮流，且仍能保持高质量。在店里买了十多本，包括一直找不到的黑陶的《漆蓝书简》。对于旁观书社，我觉得最珍贵的一点在于其选书的独立性。同在书店行业，旁观能够坚持自己的选书风格，不以畅销为依据选书，是很难得的。（此处畅销指独立书店的常客，如村上春树、席慕蓉、王小波、董桥等人的作品。）不是说这些书不好，而是天下好书千千万，要定义一个书店，便要看它从这浩如烟海的书堆中选择什么，又想为读者呈现什么。

店主专门给“最美的书”列了一个架子，作为买书外貌协会的我表示，对于好的装帧完全无法抵抗。扬之水的《宋代花瓶》和《香识》本来都有，结果为了装帧和版本又买了两本。下午店里人不多，只一次一个旅行团杀进来，呼和一番，又匆匆退了。其余时候，也就寥寥数人。店员们也都在看书，顾客不需要的

时候绝对不会打扰。

所有的书都用塑料封套封好，非常干净，也没有折页划痕，对于对书籍外观要求高的读者来说无疑是很合意的。问题在于翻看不便，需要小心取出来，若是不买还得恢复原样。店主还给张爱玲、李泽厚等人各列了一栏，大概他们是店主很看重的作家吧。

能感觉到店主蛮喜欢日本文学的，店里日本作家的书很多。于个人而言，日本文学作品读得真是少之又少，到书店看到日本文学的架子都要绕道而行。算起来除了德富芦花的几个小集子、芥川龙之介的一些短篇和川端康成的《雪国》，我对日本文学的认识可谓是一片空白。

很多书在别的店都并不多见，比如前面提到的黑陶的《漆蓝书简》、杨牧的《奇来前书》、矢原谦吉的《谦庐随笔》和特拉克尔的《孤独者的秋天》。这些书之前都试图找过，但往往没有，于是就作罢了。如今一下看到，真是惊喜一桩。

从前持续很长一段时间沉迷在黑塞的作品中，到现在还经常把他的《乡愁》和《荒原狼》翻出来重读。只不过黑塞在中国似乎一直不温不火，虽然书店里往往会给留出一席之地，但多是犄角旮旯。旁观书社竟特意给黑塞的作品留了一张小圆桌，还醒目地标上了“黑塞作品”，北京仅此一家。后来有个朋友去了旁观书社，还特意拍了照片给我，就是放着黑塞全集的这张小桌。

坐落在 798 艺术区的旁观书社，开店这么多年，一直口碑极佳。如今终于去到，果真名不虚传。希望旁观能一直保持它特立独行的选书风格，在接下来的日子里平安顺遂。

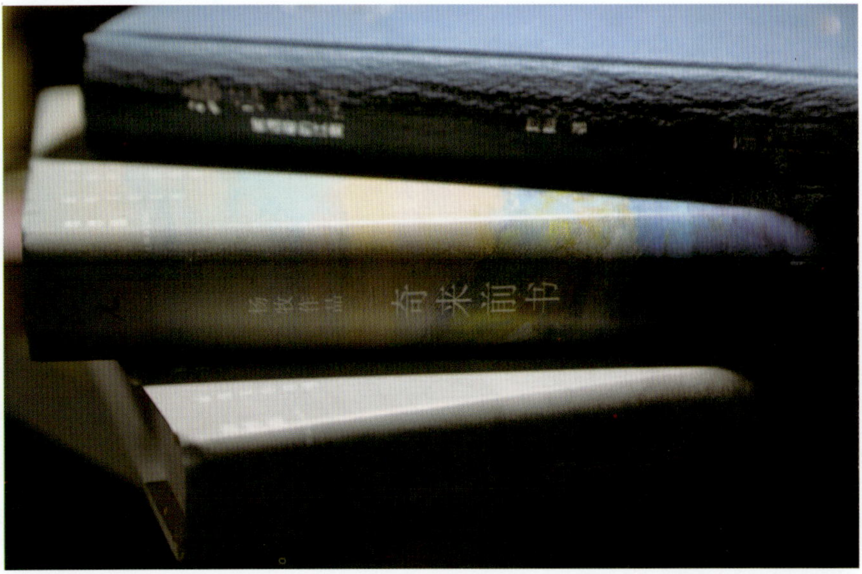

斑马书店

小满

地　　址：北京市朝阳区朝阳路朝阳文化馆西侧下沉庭院

书籍类型：电影，戏剧，设计，旅行

关 键 词：咖啡，甜点，电影放映，新书签售，咖啡调酒课，猫奴俱乐部

斑马迁至朝阳文化馆方逾一年，而诸事已井井有条

周末市集、咖啡课程、电影放映，皆有所成

小院秋千一架，花木盈门，疏朗清廓，取小满“物致于此，小得盈满”之意

贺所成，期将至

斑馬書店
BIG DATA
NARA

bookstore
Welcome
你好
独立书店

因为住处的关系，起先走访的都是离家近的书店，所以去斑马书店时，对朝阳区的书店还知之甚少。听说斑马书店也算机缘巧合，是因了书店老板看到先前的推送，关注了公众号，聊天时才知道的。倒了几次地铁，路上一个多小时，周周转转才终于找到书店，不过后来证明花的一切时间和精力都值得。

在后台聊天的时候是 3 月 28 号，而斑马书店恰巧是 2012 年 3 月 28 日开业，正是三周年的纪念日。更巧的是，我有个很重要的朋友也是这一天生日，于是书店还没去，便很觉亲切。

斑马书店在一个下沉庭院中，虽有些不好找，却也得了空间之利。花木盈门，秋千一架，小桌三五，绝对是个消闲的好去处。后来几个人又将小院重新拾掇一番，周末有斑马市集，能买到许多有趣的手作小物。

书店虽小，却不失精致。店里窗明几净，靠墙是一排象牙白

的书架，书籍摆放十分齐整，看着就很舒心。中间的长几上置一些电影类杂志，另有许多手工的小物件。临窗则是几张桌子，喝茶、看书皆可。店里养了两只猫，一只叫小白，一只叫 Tommy。据说原先是流浪猫，书店刚开业时就在店里了。两只猫脾气很好，相处融洽，对顾客的各种摸头抚毛欣然接受。

一只斑马，养了两只猫，想想真是很奇妙的组合。在我脑中，斑马留下的影像是清新而跳脱的，是一个个似断而连的意象：书签、明信片、电影、音乐、书和咖啡、一个想成为斑马的理想。

关于斑马书店，我最喜欢的一点在于，它并没有因为关注猫咪、咖啡、小物件这些元素而荒废了选书。不乏有书店，音乐、咖啡、猫咪、文艺的装饰都精雕细琢、呕心沥血，到书这一节反而随意了，往往随着市场趋向选一些书，真是愧对独立书店的名头。一家书店首先该有一家书店的样子，选书不能马虎，且要有自己的特色。

在店里转一圈就可以知道，斑马中所售书籍的主要方向是电影和设计，尤其以电影为主要经营类别，据说是因为几个创始人都是电影专业出身。以前我喜欢一个书店或者不喜欢一个书店，是以有多少我想买的书为标准的。后来某一天我意识到，其实真正值得珍重的书店是能让需要的人找到书的地方。比如若是电影爱好者，能在斑马找到许多网上都常常缺货的专业书籍。所谓选书的独立性就在于此吧。

开书店本身就是背对时代者的理想主义，斑马却让我尤其觉得像城市中一盏干净得不染尘埃的灯火。我看过斑马晚上灯亮起来的照片，整个小院笼罩在暖黄色的光晕里，如同茫茫沧海中的一叶小舟，温暖得好像不真实。

后来斑马的公众号增加了一个栏目，叫“斑马死亡日记”，并非是面临什么短期的问题，而是因为有人在后台留言说：“在行业呈下降趋势时，你所有的努力都是螳臂当车。”我得承认，实体书店的书籍销售业务确实是一个下降的趋势，甚至连纸质书

WORK
in
REALITY
DISTORTION
FIELD
鈴蘭

BBC之道
电影×音乐
电影×音乐

都在受电子书的挤压，但这并不代表我们不需要书店。就好像有了网上音乐下载后，音乐公司可以去做 MV，可以去办演唱会。书店的未来或者是文化空间，或者是休闲场所，但有一点是明确的，那就是城市需要点灯人。能够一边写死亡日记，一边继续坚持，已经很令人敬佩了。因为，知其不可是清醒，知其不可而为是仁心。

有些人，有些事物，被这个时代需要，也被这个时代抛下。我喜欢一些书，喜欢一些书店，因为它们的某些吸引人的特质，而并非身份。若是选书随大流，徒然标榜文艺，天天振臂高呼阅读救国，这样的书店没了也没什么。并不是所有书店都值得被珍惜，这世界需要的是美，是意义，而不是书店本身。希望斑马这样的书店能长久地留在这座城市里，因为它们无法被替代，因为它们让这里更值得流连。

来日方长。

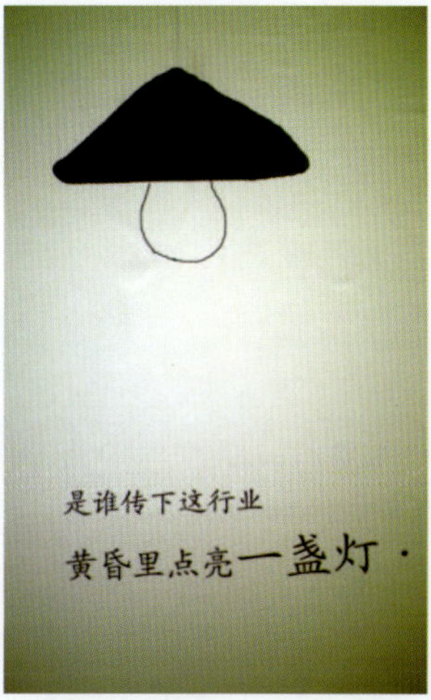

豆瓣书店

芒种

地　　址：北京市海淀区成府路 262 号

书籍类型：文史哲

关 键 词：文学，哲学，半价，明信片，预定

书店宣言：是谁传下这行业，黄昏里点亮一盏灯

店中书非新非旧，多是出版有些时日，却不幸沉积之好书

豆瓣之功，在于令佳本重见天日

仲夏日，天地已暖，取其“纵微雨而不寒”之意，贺好书虽一时不得人赏，终有归处

书店印章
ORIGINALS
TINTIN

我常跟朋友开玩笑说，我书架上的书，八成来自万圣，一成来自豆瓣，剩下的一成其余书店分。这当然是戏言，有夸大的成分，不过也可以想见万圣和豆瓣在我心里的位置了。更为难得的是，两家书店只隔着一条成府路，于是我假期的常态便成了：在豆瓣挑完书，过天桥，去万圣再拎几本，然后抱着一摞书去醒客咖啡，一边看书一边逗猫。

我可以毫不夸张地说熟悉豆瓣的每个角落，毕竟这书店实在太小了。跟隔街相对的万圣比起来，豆瓣的小门脸儿简直不值一提。但便是这样一个不足五十平方米的小店，让我每次都要特意过街一趟。于我而言，万圣和豆瓣不仅仅是可以买书的地方，而是与我有关，它们直接塑造了我对书店的认知，也在这些时日里或轻或重地影响着我对其他书店的评价。我已经记不起第一次去万圣或者豆瓣是什么时候，甚至无法将这两个地

方在记忆中彼此分离，那些或断或续的印象丝丝相连，而又保持着某种独立，相互之间无可替代。

因为做这个摄影项目，有时会跟别人聊书店。若是问北京的独立书店，我可以列下长长的单子，细数各家的风格和经营模式。但若是谈到万圣或者豆瓣，大概这些所谓重要的标准一句也不会提，反而会说好些琐碎的事。比如若是大雨滂沱，从醒客的窗户看出去，人行道就好像墨水一般化开；比如外出归来，绕过书架看见豆瓣窗台上的绿萝全都趴下，便知道北京前两日一定阳光炙烈；比如万圣转过年来上了新的故宫日历；比如豆瓣的《汪曾祺全集》总是少一本或者两本；比如开玩笑时会说豆瓣台布的蓝色像外边的垃圾桶，而真路过垃圾桶时又得说，豆瓣的台布可比这好看多了。

其实写到这里，大概都不用再多举例子了。想想之前说旁的书店时，总不离装潢、选书之类的所谓正经话题，而一到万圣或是豆瓣，则不知不觉就写了一页的闲话。其实做这个摄影项目的初衷是介绍一些书店，让爱书之人知道一些好的

梁宗岱文集
Ⅳ

中国古代文化的特质

访书的去处，所以照理来讲，什么台布、绿萝之类的，实在该少提，毕竟对别人很难有什么实际的补益。然而话说回来，一家书店之所以令人觉得可爱，自然有书多、装饰宜目等原因，但更多的，其实来自与那些微末细节相联系的情感。就好像与一位友人许久不见，虽已模糊了音容，却还能忆起送别那日的春风。

我不记得第一次去豆瓣是什么时间，也说不清楚究竟推开那扇窄窄的玻璃门几多次。这几年，总归是闲的时候常去些，忙碌起来就少几次，就算真的几个月不相见，也常常记得。其实我的读书速度是很有限的，真论起买书的需要原不必去得那样频繁，更多的时候，去豆瓣只是单纯地想去转转，如同联系老朋友，并不是真有什么事。

豆瓣有如衣料上的暗纹，外面看上去虽不起眼，却是内有乾坤。店里到处都是层层叠叠的书，走在里面得颇为小心，唯恐惹恼了哪位先贤。豆瓣书店所在的成府路，大学扎堆，书店竞争相当激烈，和它隔街相望的就是久负盛名的万圣书园。在这样的形势下，豆瓣书店的生存策略变得至关重要。与万圣相争太不实际，于是书店老板剑走偏锋，专门到各大出版社囤积的存货中挑选值得一读的好书，低价进货，然后以五到六折的价格卖出。这样做一来可以以相对低价吸引顾客，二来许多其他书店找不到的好书都可以在该书店找到，于是产生了相当数量的顾客群体。另外，豆瓣书店在武汉有一家分店，两家店平时互通有无，顾客需要的书籍可以从另一个书店调来。每次进货时，书店会在豆瓣网小组中发布书单，会员们可以直接留言预定然后到店来取。豆瓣给真正的爱书人、懂书人提供了一个温馨的站点，可以随时淘到令人惊喜的好书。

几十年前出的书可以去旧书铺寻，但是想找五年前的书就不太容易了，有时候不免要跑到出版社去。豆瓣的意义，便在于填补普通书店和旧书店之间的空白。豆瓣的古典文学架子书籍更新很快，常常能淘到需要的书，我在豆瓣买过全套的《小仓山房诗集》《汪琬全集》和《清诗别裁集》，因为出版得早一些，在别的书店已不太能见得着了。

严格意义上，豆瓣不能算旧书铺，因为豆瓣所售图书大多连塑封都尚完好，只是出版年份早一些罢了。这些都是各个出版社囤积的存货，能有豆瓣这样的书店存在，也能挽救不少好书，不至于压在箱底，重新被打成纸浆了。

谢谢你啊，豆瓣书店!

PageOne 书店

夏至

名　　字：PageOne 书店（三里屯店）

地　　址：北京市朝阳区三里屯路 11 号

关 键 词：原版图书，设计，文创

半夏生，木瑾荣。绿筠含粉，圆荷散芳

书店占得小楼两层，阳光当窗而下，宽敞明净。不论何日何时，店中人来往如梭，此盛景于书店实为罕有，遂取夏至万物皆秀之意

Ruth Rendell
No Man's Nightingale
BIG BREASTS
WIDE HIPS

PageOne 在北京有三家分店，分别在三里屯、国贸和颐堤港，我都只去过一次。如此并不仅仅因为距离遥远，也因为我对 PageOne 一直只有审美上的欣赏，而很难产生亲近之感。这可能跟我个人对书店的爱好有关，相比类型全面的大型书店，我还是偏爱在某一方向做到专精的小书房。PageOne 的三家分店空间都很大，即使只求匆匆过眼，想要逛完一家也得拿出半天时间。固然不反对在书店里窝上一天，但书店的存在不应该像一个旅游景点。读者去书店，就好像归家时顺路去街角的杂货店带一篮鸡蛋，而不是做好攻略请好假，换一天的筋疲力竭。

这也是为何我虽然喜欢 PageOne 的风景，却往往提不起去的兴致。想想那些我常去的书店，无一不是朴素的小店，寥寥几排书架，一转身就看了完全。而它们的神奇之处便在于此，虽然不过一间斗室，但每次去都能拣出一两本心仪之书。我的书，就是这样一本两本的从各个城市的书店慢慢聚来。说起来我们家买菜，也是一次买一点，从来不会浩浩荡荡拖回来一车。买书大概也是如此，细水长流为上，突发奇想买回来一摞，往往还没来得及读就压进箱底，覆满灰尘了。

PageOne 三里屯店坐落在一个两层小楼中，一层以原版图书为主，二层则是中文书刊和各类文化创意产品。书籍范围涵盖广泛，从文学艺术到旅游烹饪无所不包，算是北京书店中门类很全的一家。

在 PageOne 那买过几本 Alice Munro 的短篇小说集，余下的记不起了，也可能没有余下的。书店大了，就难免空旷，即使四围都落下暖黄色的光，也往往容易产生一种冷冰冰的错觉。写到此处，我忽然觉得是不是对 PageOne 太苛刻，毕竟也是一家地标般的书店啊。然而看这家店的点评时，我想起了旅行攻略。几页翻过去，过眼的不过是“早有耳闻”“推荐前去”之类，几乎没见到谁说“我

下班以后，常常会想去 PageOne 看看”。

有时候我会问自己，我喜欢它吗？毫无疑问我是喜欢的，喜欢它简约的设计，喜欢它精致的落地窗，喜欢它似乎无限延伸的书架。我喜欢它，就像喜欢一个远方的城市，可能偶然经停，但终要归家。

虽说店面宽敞能多些藏书，各路读者来寻书都方便，但没有缺陷也是缺陷的一种。记得有个人问我，对实体书店怎么看。我说，就好像海平面上升，岛屿逐一陷落。对实体书店我固然是充满感情的，但说到它们的未来，我也没办法给出确切的乐观答案。这也是为何这些时日里我愈来愈珍视特立独行的小书店，大概只有一个类别做到极致，成为不可替代的存在，才能争得一席之地吧。

对 PageOne 的经营情况我并不了解，这几次去，倒都是门

庭若市，人声鼎沸。这也是个挺有意思的现象。就我粗浅的观察，这样兴盛的书店都是航空母舰式的大型综合书店，比如三联，比如诚品。我无意怀疑它们在行业中的地位或是经营的能力，只是我一直坚信，书店不可能靠书多求一个未来。

纵然不愿意，也不得不承认，书店的书再多，也无法与网上书商比肩。实体书店总得让读者在找书之外，还能有理由常常造访。虽说收入全赖书籍，但读者念念不忘一家书店的原因，则往往在书籍之外。

现在想想，当时去国贸的 PageOne，是同一个很重要的朋友一道，所以至今忆起 PageOne 时仍会微笑，不是因为书或者别的什么，而是曾经的记忆。这就是书店不能为网购所代替的部分。

至于书店本身，仍然推荐大家去。之前我曾觉得是不是对

它的评论太刻薄了，现在看来，写到此处，天马行空，关于书店本身的细节倒是没有多少。这大概也说明我确实对它没有什么亲近感，就好像我可以给你倒杯水，想坐下来聊聊院子里的爬山虎，却只能跟你说阿尔卑斯山的纬度和降雪量。

井观书房

小暑

地　　址：北京市朝阳区广渠路金泰国际大厦 A 座 5 层阳光中庭

书籍类型：文学，艺术，社科，旅行，电影，摄影

关 键 词：很好很好很好很好的书，艺文空间，阳光，咖啡，电影

六月节，温风来，炎天已长。竹喧觉雨，山暗闻雷，雨季始至

书房疏朗通透，正合季夏一访，消暑热，避雷雨，两相皆宜

小說傳奇
解忧
杂货店
东野圭吾
白夜行
失乐园
A BETTER ANGE

PAMELA MORSI
DAVENPORT HEIGHTS
Borges
文化

到如今，北京的书店已走了大半，而所余的，大多散落在城中的边边角角。这其中真正值得走一趟的，很是寥寥，以至于常常提不起多大的兴致，只一游罢了。井观书房这个地方，是偶然听一个朋友提起，也算是慕名前往。

这书店在朝阳区，我上学的地方则在海淀，地铁弯弯绕绕，要二十一站。我出门走得急，一本书也没带。站在地铁上，两手空空，抬头招租信息，低头求职助手，左顾交友软件，右盼减肥中心，真真上天无路，入地无门。李白讲：拔剑四顾心茫然。这话很苦闷，但好歹手里还有剑，我可是连一张纸都没有！落到这个境地，如果说还有什么慰藉，那就是以往我从来记不住站名，这次二十一站竟整整齐齐背了下来！以往坐地铁忘记带书的情况也有过，只是从未在如此的长途中出这种岔子。以前我还想过，若是长途无书会如何。唉……不提了。这二十一站的地铁，一个

半小时的路程，于我实在很煎熬。但话说回来，我啰啰嗦嗦扯了这么多坐地铁的事，只是想淡化我对井观书房未曾报以很高期望的事实。令人烦躁的从来不是长路，而是长路尽头的无趣罢了。说到底，不过是害怕不值得。

井观书房藏在金泰 A 座五层的阳光中庭中，自地铁站出来，要走上一段。浩浩的京城中竟能立着这样一家小店，也是在出乎意料之外。大隐隐于市，真有意思。书店只有工作日开门迎客，这也是因地制宜的考虑：平素来的大多是写字楼中的人，周末时楼里就静了，用老板的话说，“送外卖的都不来”。到店的时候刚过午后，店员窝在窗边的椅子上看书，中间疏疏坐了几个人，此外便是一片空阔了。如此倒很有点遗世独立的隐者气度。

这家小小的书店，最引人注目的一点便是落地窗。或者不能说是落地窗，书店所在的地方叫阳光中庭，除了有顶棚，与天井

已没有分别。临广渠路的一边是极高的玻璃幕墙，外面是马路，车流不息，尘嚣纷扰，没什么风景可看。不过若是抬头，见阳光当窗而下，透亮的玻璃一直延伸到尽头，也很觉舒心。名之为“井观书房”，大概便是取了这个意思吧。论起采光，只怕京城中若井观书房称第二，没别的书店敢称第一。有这样的好光线，坐井观天又何妨？

看书看累了，不妨仰头望望。镂空的木质结构和四围的玻璃极是相和，真当得起通透疏朗。若非亲眼所见，如何能想到京城里竟藏着这样的好去处。说起走访书店，既为访书，也是为了寻个安静所在。比方说最近有许多的考试和论文，若是在彼岸书店泡上一壶茶，就能乐而忘忧；若是在万圣，点杯咖啡便可以静下心写上两个钟头。这都很好，但细论起来，还是后者胜一筹，毕竟忘也是暂忘，还是要着手做得好。至于井观，我想，在精神上是近于万圣的。

书店通透，一张长案列着几十种书，令人想起刚修剪过的手指甲，又干净又整齐，只是看着就很舒心。店中的书并不很多，对于这一点，老板还很有点遗憾。不过略略转上一圈，对选书的质量还是很感惊艳的。古人讲，金玉其外，败絮其中。说到京城的书店，金玉其外的少有，败絮其中的倒是一抓一大把，两抓两大把，抓多少就有多少把。井观书房这样一幅落落的大家之态，选书上还一点不落下乘，实在难得。

店里的书，都是老板一本本亲自挑出来的。每本书老板都看过，于是结账的时候，每过一本，都很可以谈上一会儿，这其中的快乐，也是我这么久一直周转于实体书店中的原因之一。话说回来，这样选书虽是不辜负读者，但也确实太耗费精力，所以店中书虽是不多，其中的辛苦比起那些顺着市场潮流进货的书店，却只多不少。这星罗棋布的书店们，虽乍一眼看上去差不很多，但稍稍一注目，格调高下立见，这也是另一种公平。

在店中寻到了谈正衡的《清粥草头咂咂鱼》，若论写江南风物美食，谈先生绝对一把好手，既不故作呻吟，也非淡然无味，字里行间自有一种人间烟火意的温暖。曾有个朋友送我一本《梅酒香螺嘬嘬菜》，如今两本凑齐，也是乐事。另则带走一本张大春的《四喜忧国》，回来的路上总算有的可读。张大春不像是在写小说，倒像是与其结为挚友，倾心而谈，其中的奔突往复和跳脱奇崛之处，当真高妙。

到店的时候是午后，未曾吃午饭，于是点了咖啡和意大利面。咖啡放得不很烫以后，一口一口喝得见了杯底，于是又站起来在店中转一转。转了一会儿，便干脆将相机调好，把照片一道解决了。至于那意大利面，也有一段故事。咖啡做好后，店员便开始翻箱倒柜地寻各种原料，以至于我禁不住想，我是不是自开店以来第一个点意面的人呢？另一个店员窝在窗边的椅子上，一边翻书，一边有一搭没一搭地指挥刚凑齐原料的这位。大概我要是认真地听一番，能学会怎么做意面也说不定。那店员看一眼锅，再看一眼窗边悠然读书之人，复看一眼我。一圈一圈看下来，也真是很有意思。本来我也不着急，自然也不会去催促。其实即便真有急事，这境况下也不好催，否则这一圈圈看得岂不更慌乱？待我把书店的花都看了三度后，意面也就上桌了。从我拿起叉子的一瞬间，主厨便不再看锅也不再看师傅，而全看我了。刚吃一口便问："怎么样？煮的时间合适吗？"这令我想起第一次蒸鸡蛋羹时的心情，更不着急，反而在这之中觉出一种温和的意味。

店设计得宜目，来此的读者少有不拿出相机、手机留些照片的。两点钟以后，店里只有我和另一个读者，竟然也都用的佳能相机，于是一边拍一边很漫然地谈谈。后来日头快落了，阳光斜斜当窗而入，竟有暮春初秋的恍然之感。于是将东西移到晒得着太阳的桌子，斜靠着书架很欣然地聊了许久。走访书店的乐趣很多，遇到不经意的书，或是投缘的人，皆是幸事。

与老板谈天的时候，论及北京的许多书店，在很多地方有颇一致的观点，也很愉快。另一方面，我虽走过不少书店，毕竟是旁观之人，与这些身在其中的人所感所见是不可相比的。这行业中有许多的无可奈何，不管是卖畅销书，还是别的什么，都是为了求存而不得不做出的折腰和让步。井观如今不是这样的，也希望在遥远的未来，它能一直从心而行。

老板是爱旅行的人，足迹遍布五大洲，走过的地区和国家不计其数。而她身边的许多朋友，也都是热衷游历的人，比如今日她还收到了一个朋友寄来的在南极站盖了戳的明信片。古人讲坐井观天，在井观书房中，却毫无闭塞之感，反觉得这小小书房内，所能看到的是疏疏阔阔的天地。

内观堂

大暑

地　　址：北京市西城区铁树斜街（近大栅栏西街）

书籍类型：各类旧书，文史为主

六月中，天气烈于小暑，腐草为萤，大雨时行

书铺藏于小巷，外则花木环绕，内则满架琳琅，最合消磨暑日，一扫燥热

设计
SHEJI
JIANZHU

江南古典园林 周历
Chinese Classic Gardens in the South of Yangtze River Week-Calendar
1964
easure
ecoration in Y

前两天父母去前门一带溜达，在铁树斜街偶然遇上一家书店，特意拍了照片回来。在照片里看到了《旧京环顾图》，想来是家关注地域文化的书店，于是自然要前往一探究竟。

北京书店一度星罗棋布，到如今虽萧条零落，名声在外的随便也能数出数十家，而内观堂却从未听过。因此本也没抱太大期望，于是着实体验了一把何为“惊喜”。北京书店萧然，旧书铺更是屈指可数，能有内观堂，实在不易。如今经营旧书的主要就是中国书店，可惜价格往往不低，于是若是有淘书癖好的人，不妨去内观堂看看。

拿着地图，却沿着长长的铁树斜街来回走了数次，真是三过其门而不入。盖因书店门脸本就不起眼，门口花草又极盛，将“内观堂”三个字挡了大半，头回去自然容易走过了。老板是个

极爱花木的人，最近还琢磨着在门口架上一株葡萄藤。所以若是有意造访，只要记得，一条灰蒙蒙的胡同里，门前乍然一片绿意的，便是内观堂了。

书店很小，中间是狭长的过道，行走其中，周身全是层层叠叠的旧书。另一侧靠墙摆着几张长案，零散放着算盘、虎头鞋、相框之类极富年代感的杂物。比较有趣的是，书店里的选书看不出门道，类型无所不有，甚至有很多小语种的教材，后来问老板才知道，除了一部分书是去旧书市场淘来的，店里还有不少她家或者朋友家的旧书。这样一来，自然门类繁杂，于是翻拣之时，也就多了一种淘金的趣味。

书店整体走凌乱的艺术风格，几乎没有地方是看得见台面的，全堆着旧书

或者杂物。老板是个挺怀旧的人，留了不少旧物，店里光台灯少说也有三个。老板退休以后，为打发时间，用自家房子开了内观堂。店里的书也大多来自亲朋，于是书店的生存压力并不大。每日或坐在店里织毛衣，或伺弄门前的花草，或跟萍水相逢的读者聊天，日子也过得优哉游哉。

书和东西都有年头，岁数大一点的人进门，肯定会起时光倒流的感慨。在书店里转悠了两个多小时，除了偶尔进来的几个游客，就只有我一个人。即使在书店里，内观堂也算是极安静的了。不过因为是用自家宅子开的书店，没有租金压力，纵然读者少也无妨。

比较有趣的是正中的书架，由砖石和木板组合而成，古朴别致，令人想起古道边的粗瓷大碗。当问老板这书架搁哪淘换来的时，老板说完全是因为当初没钱置办新书架，所以请朋友做的。而点检手边的边角料，不过几块木板，数摞砖石，于是就有了这书架。本是不得已为之，只愿凑合能用，没想到出来反而极是好看。

老板是个干脆利落的健谈之人，我在书店里一边转一边跟老板闲谈，从《鲁迅书信集》一路扯到炸酱面的制作方法，着实有趣得很。看书店难免长日无聊，平素老板会自己做一些鞋子、肚兜之类的送给邻居的孩子。柜台边的小竹筐中还能看到她做的几双虎头鞋。老板也爱种花，门口花木不下几十种，我临走时她还坚持剪了几根枝条，现在养在书桌上，一片盈盈的绿意煞是可爱。

按老板的说法，开这家书店纯为一乐，并不指着它挣钱。所谓“不为无益之事，何以遣有涯之生”，开书店、看书、种花、喝茶，这些没什么实际利益的事，做起来倒皆是有声有色，这可能也是内观堂特别动人的一点。

在店里找到《鲁迅书信集》和《韩昌黎诗系年集释》，品相、价格皆称心，也是乐事一桩。说起来寻《韩昌黎》许久了，一直没找到合适的，不想竟在一家藏在胡同深处的小书铺中了了心愿。回想起来，那日还是盛夏，外面日头很大，长街寂寂，店里却难得有一种清爽悠然的空气。打铁树斜街过，便是不欲买书，也可进去随便看看，消消暑热。

后来某一日，忽然有个朋友给我发信息，说慕名去了内观堂，还和老板谈起我。不想过了这么些日子，她还记得我这个在店中停留了短短几个小时之人。彼时我在店里的本子上写了挺长的留言，写了什么是记不起了。我那朋友说，老板给她看了我所写的内容，于是她也在后面留了一些话。这件事让我觉得极可爱，大概书店的可爱之处，便在于它们的概念远远超过书籍本身。与之相连的，也不仅仅是阅读，还有灯火、茶香，有倾盖如故的欢喜，和久别重逢的安心……

来薰阁书店

立秋

名　　字：中国书店古籍书店，来薰阁书店

地　　址：北京市西城区琉璃厂东街 115-2 号

书籍类型：文学，历史，社科，艺术，古籍

凉风至，白露降，寒蝉鸣

店中多古籍善本，金石拓片，行于其中，自觉盈盈古意

置身之中，宜念旧，宜怀人，故取“凉风起天末，君子意如何”之意

中国书店古籍书店在琉璃厂西街，从琉璃厂店出来过个廊桥即可到达。这家书店规模要大一些，除了艺术类书籍还兼营古典文学类书籍，找到了《魏叔子文集》和《苍虬阁诗集》。因为最近来薰阁搬迁到楼上，所以整个书店重新整理了一番。旧书区拾掇过后，找书方便了许多，不像以往，摆放完全从心所欲啊。

说起来薰阁，那真是鼎鼎大名。此店开业于咸丰年间，初始经营古琴，后来生意不顺，几经波折，终于转向旧书行业。来薰阁在1958年时并入中国书店，近来乔迁至古籍书店楼上。店里经营的均是善本古籍，由店员从各处藏书家、书市挑拣收购而来，其中残破污损的，还要耗费大量时间修复。这么多年下来，

来薰阁在旧书市场里声名赫赫，是各路藏书家必到之处。

店里出售的线装书有明清或是民国的刻本，亦有近几年新印的版本。一般来讲，都不便宜。对于藏书人家或者追求版本的读者来说，大概是有必要破费的，然而对于我这种对藏书完全没兴趣的人，看看就好。说起来，这几年旧书的价格真是炒得没边，几倍几倍往上翻，倒是让真正读书的人买不起书了。

这次比较幸运，还赶上了来薰阁的金石碑版展销，看到不少精良的拓片，如《石鼓文》《尹宙碑》《广武将军碑》《张迁碑》，巨幅亮墨拓的《颜家庙碑》。另还有一批青铜器拓片，包括毛公鼎、散氏盘等。我对青铜器十分偏爱，曾经很长一段时间对一个博物馆的评判完全基于青铜器展品的质量。

来薰阁四壁皆是古籍，走道靠边又摆着一排一排的拓片，行走其中，如入书山书海，只此景就足以令人欣然忘归、流连而不能去了。不过这几年古籍炒得很热，价格水涨船高，数万乃至数十万都不罕见。于是造访来薰阁，大概是抱着参观博物馆的心情吧。只是真心希望那些来买这些古籍的人，并不是因为跟古籍收藏热的风，而是真正爱书、懂书、读书之人。最近，我周围不少人因为各种原因将藏书散出去，早上我们英语老师还拉了一箱子莎士比亚作品进班送人。散书这个事，或早或晚，在所难免，而暂时拥有它们的人所能做到的，就是爱惜。

瞅见了中华书局早年出的《廿四史》。说起来我以前还梦想着以后能去校订史书。中华书局的《廿四史》水平绝对没的说，在市面上常见的版本里首屈一指。后来的绿皮版里我买了《史记》《汉书》和《三国志》，没买更多，一是没钱，二是通读短时间内做不到。中华书局现在又做了新一轮的修订，等以后可以去买新修的版本。

在旧书架上翻到不少杨树达先生的书，其中《词诠》这本书已经是我在一周内第四次看到了，也是很有趣的缘分。不过《积

微居金文说》和《积微居读书记》在别的书店倒真是没怎么看到过。在杨树达先生的书旁边找到了其友人曾星笠的《尚书正读》，这可以说是近代尚书研究最重要的注本之一，杨树达先生对其也是不吝赞赏。两位作者的书相邻，不知是巧合，还是整理书籍时有意为之。

来薰阁还有一面墙的旧书，大多是出版了几十年的本子，价格与孔夫子旧书网大致持平。这两年旧书贵了不少，只是有些书没有再版，也就只能去寻以往的版本了。在来薰阁买了曾星笠的《尚书正读》，另在楼下的古籍书店买了《魏叔子文集》。

古籍书店与琉璃厂店有些类似，不过新书区最近重新归置过，看得出书籍分类上是下了功夫的。中间一如既往是中国书店主打的字帖画册，左边则是一部分艺术理论和古典文学。来中国书店的读者不少都是书法或者绘画爱好者，店里的字帖画册很全，版本也多样，这一点无任何其他书店可以比肩。

书店年头久，经手的书年头更久，于是日子长了，中国书店里常年带有一种

雍容而悠然的气度。这三五年其他书店倒闭、重新开业、转型等等层出不穷，中国书店倒是一直巍然不动，颇有点温不增华，寒不改叶的意味。书店从容，于是行走于其间的人亦缓步，便在这盈室的纸墨香气中，顾而忘返了。

前流书店

处暑

地　　址：北京市海淀区中关村北大街水磨新区七号院
（近清华大学西门）
书籍类型：各种类型均有，多旧书
关 键 词：旧书，版本，折扣
书店宣言：书虽旧物，其命唯新

暑气已止，天地始肃。是时授衣，听雨，读《秋声赋》，访前流书店

前流隐于深巷，有不求闻达之德，合孟秋初降残暑消散之意

blog!
LUGGAGE BAG

端一杯咖啡，往沙发上一窝，右手持一本杜拉斯的小说，左手边趴着一只睡着的猫，音响里放着小野丽莎或者陈绮贞的歌。现在最受欢迎的书店大概就是这样子的。如果你在前流书店看到这样的风景，那一定是压力过大产生了幻觉，建议及早就医。如果你想披散开海藻般的长发，一袭白棉布长裙游走在书架之间，建议你小心点，左一摞右一摞的书刮坏裙子就不好了。如果你想拐带摄影师给你拍四十五度角忧郁仰望的照片，请嘱托他不要换镜头，小心拿旧书抖下来灰落进 CCD 相机。

我并无意攻击文艺青年，尽管我似乎攻击过了。只想说，前流书店一点也不小资，一点也不文艺。店里甚至连音乐都不放，所以欢迎跟老板聊天。前流很有一点十年前遍布在北大清华周围的小书店的感觉，不做咖啡不放音乐不搞签售，只是单纯卖书。而店内也没什么风雅之极的装饰，仅有几幅水彩画，几个小摆件

London-Beijing-London

而已。书籍占据了几乎全部的空间，没有花哨的摆放方式，一切以最大限度利用空间为准则。

不是说猫咪满地出溜的文艺小店不好，只是一个行业应该有一定的多样性，有靠文艺癌支撑的就得有老老实实卖书的，前流最大的好处就是这份实诚。前流书店创办于2007年，至今已走过了八个年头。书店出售一切店主认为有思想价值的书籍，库存旧书、新书皆有，许多书籍版本很老，其他地方不易找到。另外，我在前流见到了极其神奇的书籍分类方式——书店中央是狭长的过道，左手是思想偏左的书籍，右手是偏右的书籍。

老板说，书店热闹的时候是每天晚上七点钟以后，很多清华的教授和学生会来看书。其中有两位清华的教授每日八点左右必来，往往待到打烊仍意犹未尽，有时老板会为此延迟关店。收银台旁边放着两大摞包好的书，据说就是这两位挑好的，等过一段

时间统一付钱。

前流的书摆得甚至有点乱，不过分类做得很用心，不会给来访的读者造成困扰。中间被书围起来的是收银台，我进来绕了一圈才找到老板。收银台上摆的除了新进的书，还有就是读者挑好的等着过几天一并付钱的书。

书店里的水彩画，颜色很亮，算是店里少有的装饰了。老板大概是喜爱绘画的人，书店过道旁放着许多画轴和单张水彩。除了这几幅画，书店里的装饰大概就是挂在梁上的风筝线轴了。现在书店大多愿意追求文艺或者风雅，然而这世上并不只有琴棋书画诗酒花茶的，有风就有尘，对文艺和风雅狭隘的追求只能离生活愈来愈远。前流的好处大概就在此——不隔。

店几乎全是老板一人维持，选书进书，分类看店，结款记账，一并包了。老板的母亲退休后也在书店帮忙，据她说，从前周围有好几家小书店，几年过去独余前流。

书架上有不少旧书，因为残破得太厉害，翻的人又多，全都一一用塑料皮包好。

拍摄前流是一个很正确的决定。当时开始这个项目，本来以为拍摄独立书店必得找那些环境文艺小资得让人头疼的或者万圣那样堂皇而又严肃的书店，却从未想过这些隐藏在小巷子里的小书店。也许很多事情都走偏了，比如说咖啡厅选音乐比做咖啡优秀，比如书店做咖啡比选书优秀。如果说独立书店代表一种坚持的话，那么前流则是独立书店中的坚守者。

本来是计划去大名鼎鼎的蓝羊书坊的，奈何消息不灵通，到了才知道蓝羊书坊已经倒闭，老板将书店转手后离京赴上海去了。先前那里还叫蓝羊，不过改成了一个小咖啡厅，大部分陈设都保持原来模样，还可以看到当年老板在墙上画的画和顾客在 2007 年签的名字。以此，给蓝羊留个纪念吧。

书的设计店

白露

地　　址：北京市东城区杨梅竹斜街 23 号

书籍类型：设计，Lifestyle

关 键 词：媒介，物件，生活

盲风至，玄鸟归。露凝而白，雁头带霜

书店虽小，胜在店堂清透，窗棂疏朗。推门而入，悠游缓节之气萦绕弥漫

仲秋，天朗气清，与之相合

万人のためのデザイン
people
design
「デザイン」の
役割は何か？
「ユーザー」と
は誰なのか？
BNN
商业周刊/中文

U R INVITED
DESIGNS
2015
新東京／新風貌／新地標
100の東京
大人味発見
设计想象力

熟悉北京历史的人应知道，杨梅竹斜街就是曾经的书街，最盛时曾有中正书局、广益书局、中华印书馆等七家并立。可惜日渐萧条，最后竟一家不存。模范书局是近来这条街上的新兴书店。而出得模范书局，沿着斜街走不多远就能见到书的设

计店了。这么多年以后，此地能再有新兴书店出现，也算是承继之功。

书的设计店可能是我去过的最小的店之一，不过几十平方米，一眼就看得通透。书店虽小，却胜在精致。进门但见店堂清透，窗棂疏朗，书渐次排在长案上，天棚上垂下纯白色的吊灯，整个空间显出一种悠游缓节的气度。本是一家小店，却因了这份从容，而能全然独立于外部空间。

大概店里总共也不过一两百种书，我却看了两个多小时仍兴致不减，若不是眼看着白日将尽，恐怕还能在里面泡上一个时辰。如此也可想见店主的选书功力了。这家店以设计方向为主，定位非常明确，所选的书来自世界各地的独立出版人，装帧设计常有意颠覆传统者。即便是对设计没有兴趣的读者，也不妨看看这些书的装帧。

店堂虽小，却绝没有不择手段利用空间，而是将书排列得井然有序。书少而精，逛起来也不会很累（每种书我几乎都仔细翻看了，若是想在万圣这么干得住上几天）。在这里真的可以体会纯粹“看书”的乐趣，各种走心的装帧设计和小惊喜，是纸质书永远无法被电子书代替的美感。窗台边有一个小竹筐，放着店里的特价书，书籍上都贴上了不同颜色的圆形贴纸。起初我没明白意义何在，直到看到筐边标着一排价格才知道不同颜色代表不同价格。这如同图例一般的标价方式还真是头一回见。

可以说，这家店刷新了我对书籍装帧的认知。虽说以前对独立出版有所耳闻，也看过不少讲书籍装帧设计的文章，但还从来没这么集中地看过实物。如一本关于旧物的摄影集，附赠 3D 眼镜，可以戴上眼镜再看照片，效果很魔幻。其中有一本叫《停车位》的摄影集，用螺丝钉装订而成。只不过摞起来占空间，而且实在不轻。

书店后面的小院里躺着一辆自行车，是《停车位》中一张照片的实物，上面摊着一本特别制作的《停车位》。

架子上那些不起眼的小册子也不妨取下来翻一翻，常常能有意外惊喜。如一本小图册，收录了不少日本工业时代小物件的照

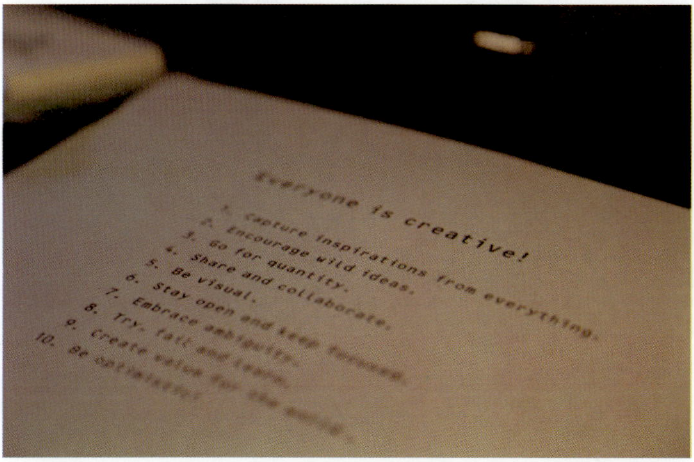

片。虽说文字解说都是日语，但仅仅看一看照片也颇有趣味。说起来记得以前在某个书店见到过一本书，专以枕头为主题，旁征博引，洋洋洒洒竟写出几百页来。这种对普通物件的关注，实在动人，大概是能从中窥见一点充满人间烟火气的幸福感吧。

店里杂志很多，临走的时候老板还推荐了一种新加坡独立杂志。小书店的一个好处就在于，往往老板对该领域出版物了如指掌，可以根据读者的爱好推荐许多新的作家作品。从前我跟鲁博书屋的老板说喜欢读周作人和止庵的文章，于是顺着找到了谷林和罗孚。

在全国来看，北京算是书店很多的城市，但考虑一下北京偌大的面积，其实书店真的是太少了。并且很多书店选书随大流，真正有特色的、独立的书店更是凤毛麟角。能有书的设计店，是这座城市的幸运。我一直对日本和台湾的书店充满向往，不得不承认在很多方面北京的书店行业还不够成熟。前路漫漫，书的设计店可以作为一个先行者。另外，老板似乎是台湾人，聊天时带有挺明显的台湾腔，且在诚品书店工作过。2013 年冬天我去了一趟台湾，在诚品书店里待了三四个小时，之后抱着颤颤悠悠的一大摞书回了酒店。如今再度提起，实在很怀念。

在书的设计店买了一本独立杂志，叫《八家》。我一直对空间这个主题很感兴趣，这期又正好是“空间之道”，果断掏银子。直接 quote 老板原话，八家是一个“独立策展团体”。这本杂志非常综合，作者来自世界各地，又是中英双语呈现的，既不像文学杂志也不像视觉类杂志，特别有意思。另外对于看书挑纸的我来说，不得不承认这纸的质量相当可以。在书店的诸多出版物中，《八家》已经非常接近我以往对书的概念了——规规矩矩的一摞订起来的纸。在书的设计店翻书一定要小心，里面夹着各种纸条，纸张各种翻折，打开方式各种奇怪……

临走时在门口看到了 Addy Casa 的限量明信片，主题为“Jazz 人生美学”，据老板说前段时间还在书店做过展览。没能早些造访，略有遗憾。其实除了摄影我算得上略知皮毛，对艺术是一窍不通的。纵然如此，竟也能在一家艺术类书店中徜徉数小时不觉辛苦，可以想见它的特异之处了。

读易洞

秋分

地　　址：北京市朝阳区豆各庄万科青青家园商街 A-19

书籍类型：文学，艺术，社科

关 键 词：复古，茶，书房

书房从容守一方街角，入门便觉暖黄灯光自四围落下，有宾至如归之感

露冷风清，蟋蟀当宇，不妨约二三好友入洞一游

世界动画史
红茶
中国摄影史

为了弥补不曾到过读易洞的遗憾，来回路上耗了两三个小时，一路出城，越走越荒凉。这次以后，大概也不会有机会再去。虽然如此，仍然希望读易洞能长久地存在下去。

读易洞隐藏在万科青青家园的一条小商业街中，路边也没有什么显著的标示，若不是地图导航，大概是找不见了。据说开书店的夫妇俩都曾从事媒介方面的工作，但在读易洞的这九年里从未大规模宣传过，仅是很从容地守着一方街角，靠邻里的口口相传引来更多的读书人。不知真假，不过这润物细无声的方式倒也使读易洞显得更私人，也更有温度。

推开一道窄门，掀起一片叮叮当当的门帘，便是读易洞书房了。书店不大，一眼便望到头，却得了精致的好处。外间是书房，里面有茶室，两侧立着高高的书架。微黄的灯光自四围落下，使整个空间笼着一层温柔的暖色调。书排得整齐，并未因为空间所限而杂乱堆叠，一眼看过去，满架琳琅，很是舒心。装修也大方朴素，没什么特别的饰物，于是温和中又自有一种疏朗的气韵。身在斗室，能有如此的从容优雅，实在是很动人的事。读易洞是一叶小舟，却终于平安驶过了这九年的风波。

书的类型主要是文学，中西方皆有，买了阿城的《威尼斯日记》和梁启超的《欧游心影录》，装帧极精。另看见一排古典文学研究资料汇编，有几十种，齐全程度可以与万圣书园比肩。店里有《< 读书 > 十年》。扬之水的书，每本都很有可读之处，考据严谨，而又绝不是一副板着脸的经学家做派，往往极富人情。沈从文先生所谓“抒情考古学”，而扬之水算起来是沈先生的徒孙，如此也便不奇怪了。

另看见不少建筑方面的书籍及几十本摄影集。艺术方面的书

一向销路堪忧，坚持为其在书架上保留一席之地的书店也是寥寥了。前几天听说时尚廊清仓，可能是要搬迁，也可能是要歇业一段时间。那曾经是京城最大的艺术类书店，因为远，我只去过一次，不知道下次再见到又是何时何地了。

书店角落里藏着一张矮桌，放着一些旧书和签名著作。如此不起眼的地方，即使是进店的读者，也不见得能看得到，店主竟也如此费心寻了些精致的架子来放书。这样虔敬认真的态度，每每想起，都会觉得特别感动。

店里也有一些专辑出售。记得库布里克书店也是柜台边放着一篮 CD，墙上重重叠叠贴满了电影海报。基本上，年轻人很少有不喜欢电影、文学（尤其是诗歌）和旅行的。且不论这喜欢真心与否，总归这些都是与理想和纯粹的美相关的东西。所谓诗和

电影通史
Cinema: The Whole Story
科学百科

远方，并没有什么可嘲讽的。大概人们嘲讽情怀，是觉得空想而不实际。但一生何其长，不妨晚点落地。卡尔维诺讲文学作品要轻得像鸟，因为生命中有无限的沉重。

前段时间还跟朋友谈到独立书店。于我来说，独立书店的珍贵之处绝不在于所谓气氛，所谓情怀，本来读书之事就是无所谓气氛、情怀的。喜欢书店，大概纯粹出于一种实用的考虑。若要在网上买书，得目标明确，输入书名，加入购物车，结账。而书店则不同，可以四处流连，随意翻看，常常有不经意的惊喜。这好比女人买衣服，虽然并不缺，但还是要去商场，所谓随便看看。如果不常常“随便看看”，难免到了真正需要的时候衣橱空空。

到不同的书店，好比见不同的人。一家书店有一家书店的风格，我因为各种各样的书店，接触了各种曾以为碰也不会碰的学科或者文学类别。在读易洞里看到了全套的《史记》，这在实体书店里并不多见。想起自己曾经在某一家如今已经不在了的旧书店里，偶然翻开了一页《五帝本纪》。

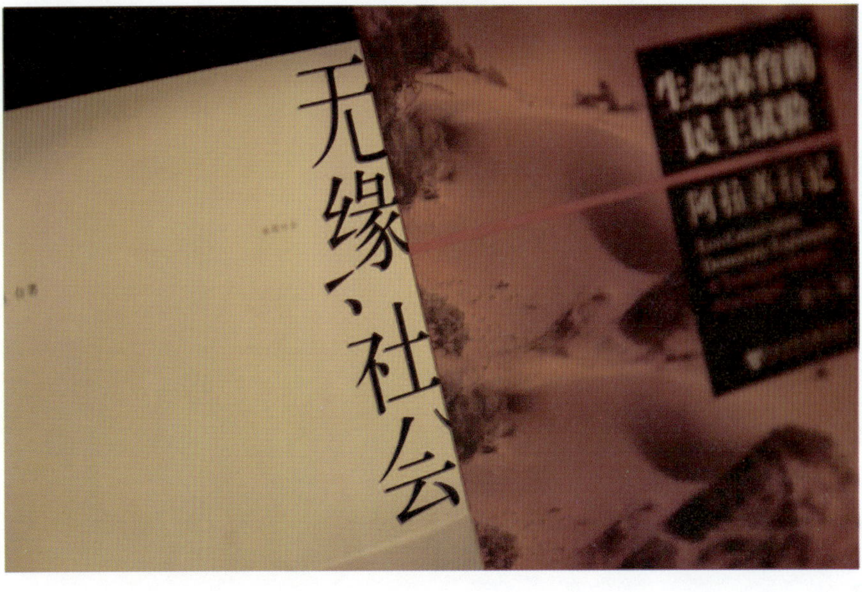

常有人说这个时代太浮躁了，人们不读经典。其实说起来，很古的时候大概还不如现在，识字的人就有限。而再近一些的年代，也永远是被流行文学占据的。在读经典这方面，现代人倒没必要过度自卑。所以大众对严肃文学的不喜欢，不能成为这个时代不再需要书店的理由。

在书店的半个多小时内，没有其他读者掀起门帘进来。旁边的茶室里，店主在看书，音响播到了《See You Again》，外面两个老人在下象棋……

单向空间

寒露

地　　址：北京市朝阳区朝阳大悦城 5 层

书籍类型：文艺，社科

关 键 词：单厨，电影，独立品牌，艺文空间

鸿雁来宾，鞠有黄华。蘋花渐老，梧叶始落

可访单向空间，一本书，一杯热茶，最可消霜露冷湿

外国文学
日本文学
Jorge Luis Borges

專注
FOCUS
單向空間

单向街是北京最负盛名的实体书店之一，由包括许知远在内的一群媒体人创立，十年间屡次迁徙，一度无路可走却又奇迹般地靠网上筹资得以渡过难关。如今单向街图书馆更名为单向空间，也标志着其从单纯经营图书转向文化空间的经营模式。无论怎样，一件事情坚持十年不容易，单向街的努力值得尊敬。

约莫半年前，我和一个软妹子一起去过爱琴海店，这次大老远跑到朝阳区也是因为这个单向街死忠粉天天念叨。说起来新开的大悦城店虽大体上沿袭了以往的风格，却也有几处重大转变。举一例说，提供茶饮简餐的单厨，从前只占书店一隅，而桌椅也不过寥寥数张而已，真正的大部分空间留给了书架。而大悦城店，三百平方米的面积，约一半是单厨吧台和桌椅区，俨然有与书籍区平分秋色的架势。在店里待的两个小时里，大部分（至少四分之三）顾客集中在单厨，只有寥寥几个人在看书。而这其中挑完书去喝咖啡的又占少数，大部分直接在咖啡区谈事、聊天。

可见，单向空间的发展方向是加大对单厨的强调，这也是书

店向文化空间转换的又一经典例证。我倒不觉得这有什么不好，至少这样做的几家书店（三联、单向空间、彼岸），选书水平从来没有因为关注其他方面而下降。书店最首要的是书，如果能在选书不受影响的情况下，转变经营模式以适应整体市场状况也挺好。

新店的装修一如既往的好，中间的木质镂空结构很有意思，既可以错落着放书，也可以在书架和咖啡区之间起到一个隔断的作用。书架上贴着黑底白字的海报，与黑色的极具造型感的吊灯相映，看上去很是舒心。不过话说回来，高书架虽然好看，拿书却不方便，周围也没放梯子，这可远观不可亵玩的情形实在有点无奈。

《单读》是单向街逢双月出版的杂志，所谓“只为单纯的阅读”。我并没有看过，不过据一些《单读》的长期读者朋友讲，

5.从0到1
6.没有女人的男人们
世界最美的书店

选择的内容很好，多是文学评论或者涉及思维观点类的文章，借之也可以知道以前忽略的作家和作品。

店里的细节做得不错，除了书架略高，其他地方还是很顾念读者取书方便的。有的店为了美观，喜欢把一堆书摆成叠罗汉状，美则美矣，奈何牵一发而动全身——取一本塌一摞啊……在单向街找书也容易，比如月销售前十的排行榜下就特意搁着一张小圆桌，上面摆着榜上有名的书，于是读者便不必再到相应的书架上去大海捞针般地寻找。

就我个人感觉而言，单向街是一个特别重视诗歌的书店。大多数书店都不会在架上放太多的诗集，毕竟大家疯狂读诗的年代已经过去。与其说是诗歌的衰落，倒不如说是其他文体的兴起。能有更多的选择无疑是好事，书店也不必非要兼顾每种文体、每个文学类型，倒不如像单向街这样，有所侧重。一个行业总得保持足够的多样性才能常有生机。

店里另有不少文化创意产品，不过比起以往只有笔和本，新店扩大了杂货的经营范围。显然，如今单纯依仗卖书过活越来越艰难了，不知道这些小物件能否为单向街在这座偌大的城市保有一席之地。

单向街的创始人之一许知远在《时代的稻草人》中说：背对盛世中国，追寻内在自由。其实任何时代，都需要一些甘愿背对的人，一些特立独行的人。鲁迅先生说，人各有己，而群体之大觉近矣。

书店里到处都有矮桌或者小书架，放着一些杂志和薄薄的小书，便于读者随时取阅。便是在咖啡区，不出十步也一定有书可读。单向街也知道，很多人来是为了喝咖啡或者约人聊天，但还

许知远
时代的稻草人

We're ALL MAD
Voyageur
Music Journal

是花了这许多心思予读者以方便，这就很令人动容了。前几天在海淀黄庄地铁站看见广告栏换成了博尔赫斯、加缪的肖像，便是单向街的“大师言”系列。这些年，单向街如一叶小舟，在这座城市里四处漂泊，几经迁徙，却无时无刻不在努力地使阅读融入更多人的生活。这有些逆流而上的偏执，也正是单向街的珍贵之处吧。

万圣书园

霜降

地　　址：北京市海淀区成府路蓝旗营教师家属楼五号楼

书籍类型：社科，人文学术，古籍，文学，艺术

关 键 词：文化地标，学术书籍，咖啡和茶，三只猫，小蓝鬼

书店宣言：I cannot live without books

寒气总至，雁宿平沙

万圣处繁华闹市，却自有庄重幽静之气度，与秋日静肃之意相合

令书店逢万圣节高悬南瓜灯，颇有可观之处

Orwell
Diaries
奥威尔日记

我本以为，提起万圣，可以说上一天一夜。可真要开口，却发现有太多的故事要讲，太多的回忆扑面而来，反而不知从何而起。我不知道书架上有多少书曾从万圣流进流出，我自己又曾在醒客咖啡度过了多少白天黑夜。这个名字，每从唇齿上滚过，就好像冬日里呷了一口酒，而我能清晰地感觉到酒精如何一点一滴地溶解在血液中，如何带来那传遍四肢百骸的温热。也可能，许多年后，若问我关于万圣的回忆，我将会给你倒上一杯茶，然后

隔着袅袅的茶烟告诉你：万圣啊，它和所有别的地方，都不一样。

路未绝，再坚持。时至今日，万圣已经走过了二十多个年头。1993 年 10 月，万圣书园成立，次年迁至城府深巷，后又逢老街拆迁，只得再次离开，最终落脚成府路蓝旗营。万圣在五号楼二层，一侧是书店，一侧是醒客咖啡（Thinker Cafe Bar），读者们买完书可以坐在咖啡厅里喝点水看会书。万圣的特供饮品很有趣，都是用书籍名字起的。“繁花”和“反抗平庸之恶”我经常点，“书天堂”里加了玫瑰花苞，看个人口味，“无政府主义人类学碎片”适合天气冷一点喝。书店—咖啡厅的运营模式由店主刘苏里首创，为万圣创造了相当可观的收入，令其在实体书店纷纷倒下的今天，仍能保持收支持平。

书店的名字本来取自万圣节，图标也源自印第安鬼面具，然而读者大多将“万圣”当作“一万个圣人”理解。日子久了，书店的名字也就从“Halloween”改成了“All Sages Bookstore”。这些年来，万圣数次搬迁，规模也从两层缩减到一层，然而它仍然顽强地立在成府路上。大概随便问几个北大或者清华的学子，万圣都必定是他们求学路上最重要的记忆之一。

从北大东门地铁口出来，沿着成府路向东行，过了天桥，便能远远看见“万圣书园”的字样了。去拍摄那天正巧是万圣节，推开高高的玻璃门，拾级而上，一踏入书店，便被满室的南瓜灯包围。虽然书店的英文名已经改成了“All Sages Bookstore”，但还是很重视每年的万圣节。我特意赶在当天过去，果不其然到处都是南瓜灯和鬼面具。这样一个终日板着脸的学术书店，却也有如此生动的时刻，真真有趣。

现在回想起来，让我反反复复踏入万圣的原因，大概就是选书吧。万圣专于文史哲方面的学术著作，后来又增设了文学区，书籍浩如烟海，但择选却特别严格。店中藏书不下万种，却从未见过成功学或者鸡汤文的影子。这些日子四处寻访书店，回过头来看，可以发现万圣虽从来不是门庭若市，但却是其中少有的多年来读者寒暑不断的书店。老听人说现在没人读书，其实随意看看周围，也能发现坚持严肃阅读的人始终存在。而万圣，便是凭借它对好书的尊敬，成为这些人心中不可替代的圣地。

在万圣，书是最高准则，一切与之无关的事都可以不理。书

萬聖九月排
傳家

废名·桥

店的装修简单大方，高高的木架排列开来，长长的矮桌置于中央，除非遇上万圣节，鲜能见到什么花哨的装饰。书籍摆放方式也注重节约空间和读者取阅的方便，从不弄华而不实的螺旋形，搞得读者拿本书都能引起整体结构的坍塌。店员们闲来就坐在一旁看书，从来不会打扰读者。也许那份安静的珍贵，是读书人才会懂得的吧。

不到万圣，不知何为书天堂。论起文史方面的藏书量，万圣在北京的书店中大概首屈一指。店里很多出版年份早一些或者印量少一些的书，即使是在网上书店也常常缺货。毕竟有些书太专业太小众了，卖之无利可图。而万圣的珍贵之处，便是让那些真正有需要的人，可以免于踏破铁鞋的苦闷。记得原先对先秦礼制感兴趣，在万圣的先秦架子处找到了一摞资料，至今十分感念。

书店的图书分类做得极其细致，比如历史，从上古开始，按朝代分架子；哲学则按派别，每个书架上贴上包含的哲学家的名字。书店的店员们也都是爱书之人，每本书的摆放都仔细推敲过。若是在万圣寻一本书，不妨翻翻它周围的几本，很多时候都与它有千丝万缕的联系。而如果对某一个话题感兴趣，想了解得更深入些，一抬头可能就是适合共读的作品。很多如今极其珍爱的作家作品，都是万圣以其特有的方式，安静地推荐给我的。记得从前在万圣买了福柯的《疯癫与文明》，而左侧是布朗肖的《文学空间》和《黑暗托马》，右侧就是博斯的集子。书架的另一边，还能找到克尔凯郭尔和萨特的著作。

我在万圣度过了很多的暑假、寒假，复习了很多重大的考试，写出来大部分 “聿曰” 的文章。经常是早晨一开门就拎着包悠然地进去，复抱着一摞书拐进醒客咖啡，点一份蛋汁培根

意大利面和一杯“书天堂”，就消磨到暮色降临了；或者是冬日里北风凛冽，灯影摇摇，一路哆哆嗦嗦，却在闻到醒客咖啡香时骤然舒展开手脚；又或者是盛夏时树影斑驳，长街寂寂，抱着书从万圣出来，踏上归途。我拍下万圣的这些照片时，又顺手拎了一本《2666》。拍摄万圣，就好像跟一个多年的老友相聚，全无在其他书店的新鲜感，因为那只是，我在万圣度过的无数日子的，其中之一。

说起万圣，我总会想起一句话：是谁传下这行业，黄昏里挂起一盏灯。书店数次搬迁，几经周折，所幸至今平安无事。蓝旗营店装修的时候，很多顾客来帮忙，店员们则把几只猫接到家里住。感谢所有帮助万圣留在这座城市里的人，能遇到万圣书园，三生有幸。

万圣的 logo 是一个蓝色的印第安鬼面具，每次抱着书去柜台结账都要经过。只是不远的将来就要长别数载，却不知要多想念那个傻乎乎的小蓝鬼了。

致深爱的万圣书园！

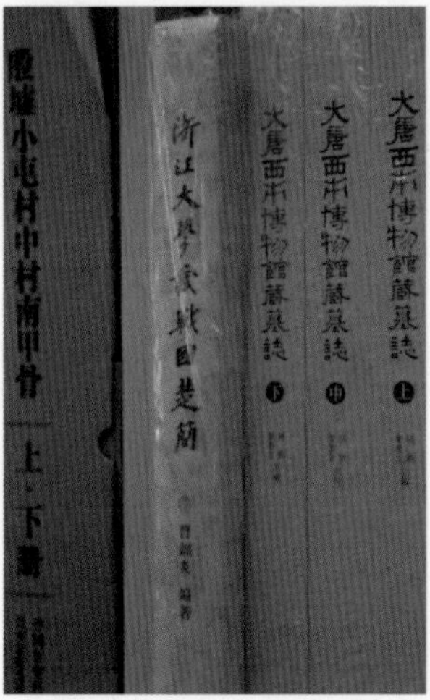

人文考古书店

立冬

地　　址：北京市海淀区三虎桥南路 17 号北京工业大学留学人员创业园 102

书籍类型：考古，考古，还是考古

关 键 词：考古，讲座

立冬日，北风醒骨，门尽冷霜

店中专收考古书籍，自成端肃之意，与冬日相合

这两年来，陆陆续续走了四十多家大大小小的京城书店。到现在，名声在外的独立书店几乎已走遍，所余下的皆是藏在街巷中的小书铺。这些店地处隐蔽，平日里也不张扬，即使名于世也非倚仗广告，而是靠读者口口相传。虽说都是些小铺子，但其中的趣味，竟然不输那些人尽皆知的独立书店。就如同有人立于朝堂，便有人藏于薮野，各有所处，各得其乐。这大概也是我对这个行业的某种期许：我总是盼着能在其中看到更多的可能。一家书店有一家书店的气质和风格，方不负“独立”之名；而它们彼此间相得互补，则是读者之幸了。

虽说经过这些日子，自诩对北京的书店有了些了解，但若真要问我京城究竟有多少家，我也是答不上来的。就说这些藏在全城各个角落的小店，在网上的信息都很寥寥，就算拿着地图有时候也不免一路问过去才能寻见。知道这些店，很多时候都是机缘巧合。比如上次周转在小巷子间去寻蓝羊书坊，却一回身瞥见了前流书店的推拉门；比如兴起去前门散步，不知怎么的就掀起了内观堂的门帘……而这次能够知道考古书店，还要特别感谢我的一个朋友。若非她特意告诉我，只怕至今也不知道离家几公里外的小巷里竟有这样好的去处。

学期刚结束，本想过两日再去造访，不过听闻寒潮将至，终还是提前出发。从花园桥地铁站出来，向东行一段复向北，沿着三虎桥北路走几百米，便可见到考古书店的大门了。这话听着容易，只是真找过去着实不易。倒不是巷陌交错，而是越走越会觉得，这实在不像是开店的所在。路人本就只寥寥几个行人，更何况如今这个时节。一到冬日，北京的胡同天然就会多几分萧寂，木叶落尽，棱角分明。行于其间，仿佛周身只剩下一种冷冷的青灰色，大概是不会指望这灰色里浮出个书店来。

到的时候约莫午后两点，店里没有旁的人，一间静室，两张小案，三架藏书。不放音乐，自然也就不卖咖啡。一家书店，在如今这个时代还能干干净净的只有书，也实在不多见了。并非我偏偏欣赏逆势而行，或者憎恶音乐、咖啡，只是卖书既为本业，当无论如何不能稍有荒废懈怠。前段时间我买了本《山海经》

的图册，挺少见的没有明信片之类的赠品。当时作者解释说，选了最好的纸和印刷技术，没有闲钱做那些。这个态度我很喜欢。做书、做书店、做人，都是各有各的路数的，有八面玲珑，就有不合时宜。

考古书店的店面不大，陈设也很朴素。仿佛真的与别的地方没什么不同，然而身在其中，又决计不会忽略那一份从容与安稳。这在小一些的书店里是很少见的，因为地方一小，就难免觉得不疏朗，觉得挤挤挨挨。就好比人一没钱，不自觉的就斤斤计较。我小时候看书，学会了一对词：“清贫”和“浊富”。其实贫且清的人并不多，就如同富且浊的人亦很少。活一辈子，不走什么极端，就是普通人。书店也是如此，虽然变化万千，但都能归类，也都有属于自己那一类的特质。小则玲珑，大则安静，卖新书则满架琳琅，倒腾旧书则灰尘四起。但论到根上，大部分书店

之间也就是略有不同，真正谈得上特点鲜明的，没几个。这小小的考古书店里，竟有这样不输万圣书园的庄重气度，实在是例外了。

这种气度靠装是没什么指望的，也正是因为其不可学，所以特别珍贵。小说里主角登场，常常说是走在人群里，被人一眼看到。之所以能从人群里看见一个人，是因为其他人相像，但这个人偏不同，就好像墨滴在水里。然而不论是对于书店还是天下人而言，完全跳出自己的分类或者阶层都很不易，比如这样一间斗室藏乾坤的书店，实在令人称奇，就好比贫而不输清贵之气的人，万里无一。所以虽然觉得考古书店很好，但也不指望其他书店去学，毕竟这东西怎么能学？

据说很多来到考古书店的人，都会问一个问题：你们这样小众的书店，如何生存呢？这个问题从开店起就开始问，问到如今，已三年了，在遥远又近在眼前的将来，还会继续问下去。我不知道人在做，天是否真的在看，但于书店而言，一丝一毫，读者都是看在眼里的。这三年，不论是开店的人，还是在此消磨过无数时日的人，都没有放弃。这两年走下来，最心酸也最心折的便是，一次次踏进店门，说：真好啊，你还在。

日复一日地守着一家书店，如同守着落日的王朝。这实在是很寂寞的事。而这寂寞中又包含着更深的寂寞。有地处偏僻，就有地处更偏僻。比如这考古书店，不但不临街，门口三条小巷子没有一条直道。可就是这样一个所在，一守就是三年。也不怪那么多来往过客关心书店的经营：考古寂寞，开书店也寂寞，开一家考古书店，实在不像和自己过得去的做派。但这也是这个世上很值得尊敬之处，即便生存万般不易，书店也还在这座城市里；纵然下田野辛苦非常，追问的声音也从未消失。所以开书店，所以考古，关乎遥远的将来和过去，而在这漫长的时间里，燃灯的人从未离去。

谈一谈店里的书。据我所知，这里是北京唯一一家以考古为专题的书店。店堂虽小，藏书却极丰。书籍分类又很有意思，所参照的是地理位置，书架上挂着的都是“河南地区”“西北地区”这样的牌子。总有人在问，发掘那些古物何益。这就如同问读书何用，开书店何用。对于考古这个工作本身，大概被别人说成“刨人祖坟”“国立盗墓组织”也是常事。每到这种时候，我会想到一句话：“尔曹身与名俱灭，不废江河万古流。”对于考古，我是一窍不通的，但却一直对这个学科怀有很深的尊敬和向往。那些被掩盖的、被埋葬的过去，因为那些人的努力，终于没有被遗忘。

历史和考古同为一级学科，其中的研究方法和思维方式大相径庭。但读史的人能对考古有所了解，也是很好的事。又谈到那个特别常见的问题：知道这些有什么用？其实说到底也没什么用，可是就是想知道啊！就像对于有些人，仅仅去博物馆亲眼见见曾侯乙编钟，就是极大的乐事了。

在书店买了一本《仰观集》，一本《先秦人口流动民族迁徙与民族认同研究》和一本《古文字与青铜文明论集》。这个书店门前三条路，一条也不直。走在这样的路上，会想起这家小书店，会想起考古这个寂寞而坚韧的行业，会想起读书本身这个事情。此路何险，未曾言悔；此路何长，不敢稍歇。

三联韬奋书店

小雪

地　　址：北京市东城区美术馆东街 22 号（东四大街口）

书籍类型：比较全面，没有原版书

关 键 词：24 小时营业，咖啡厅，各种书籍，三联专架

书店宣言：生活，读书，新知

芦叶暗，雪初降

书店终日开门迎客，楼上有雕刻时光，寒天正合书香热饮

作品系列

提起“三联”这两个字，总会产生些许敬意。不管是出版社，还是三联韬奋书店，都从未让人失望。到书店的时候是下午两点钟左右，虽然是工作日，但店里还是相当热闹。后来三联在五道口开了新店，试营业三天，书还未全部上架，店内就已是熙熙嚷嚷的了，如今能做到如此的实体书店真的是少之又少。后来三联开始试行 24 小时营业，我至今没有在深夜到过书店，很是好奇。据说即使是午夜以后，店里的书桌也难能有空闲，若想去三联刷夜，最好提前一点占位置。24 小时连轴转是很冒险的尝试，不论是人力还是物力的投入都不少，三联能够开此先河，可见其勇气。

二层是雕刻时光咖啡。我个人很喜欢这种书店—咖啡厅的营业模式。有时候买完书，会迫不及待地想坐下来看看，若是旁边正巧有个咖啡厅，那是再好不过了。对于愿意深夜读书的人，有

咖啡厅提供各种简餐和饮品，想必也会方便许多。

常说一家书店好比风雪夜里城市中的一盏灯火。喜欢夜读的人，在宿舍或者家里，都难免打扰旁人。当整座城市都陷入沉睡，却有这样一个去处，可以安安静静地读上一晚上，何等惬意。且看如今三联每夜人流如梭，就可以知道有这样需求的读者绝不少，这也是实体书店能为城市做的一种贡献。

虽然去三联前就抱有很高的期望，但真正踏入店中还是感到十分惊喜。可惜那天时间有限，只略略转了两个多小时，没能看得很仔细，后来又去了多次。三联走的不是文艺路线，十分心力皆用在选书和书籍分类上。整体朴素而整洁，很有一点老派书店的意味。我也没少见过中看不中用的书店，与三联相比真是天壤之别。

三联属于书籍类型齐全的大型书店，除了原版书，几乎无所不包。说起来这类书店并不容易出彩，面面俱到很容易堕入无一能精的尴尬境地。另一方面，书店面积大，打理起来也不方便，若是整理书籍不及时，往往让想寻书的读者无从下手。三联却完美地避开了这两个问题，书籍分类极其明确，每个书架上有具体的标示，一本书周围总能看到相关的作家作品。三联自己的书有专门的区，读者来书店常常是冲着三联出版物去的，这也使书店能在全面的情况下，保有自己的特色。

三联里读者穿梭不息，却极其安静，到处都可以看见席地而坐、捧书而读的读者。通往地下一层的楼梯更是受到书虫们的青睐，靠边整整齐齐坐了两列。后来三联的五道口新店也沿用了老店的楼梯传统，虽然只有一层，却也在靠墙处专门做出阶梯。于是虽是第一次进新店，但一见到尽头的阶梯，便立刻产生了一种温暖的亲切感，这阶梯成了一个连接新店和老店的纽带。

当时是和一个对生物极其狂热、立志学医的朋友一起去的，我俩将电脑装在购物筐里拖着，之后便开始扫荡。本来我是没带太多钱的，也没打算买太多书，最后不知怎么的，在她的撺掇下竟然就抱着一大摞站在雕刻时光的门口了。记得其中一本是《上瘾五百年》，平时我是不太看文史之外的书的，结果和一个准医

科生逛书店也就顺手带了这本讲毒品的书。所以说应该尝试跟不同的人刷书店。

我俩坐在雕刻时光咖啡厅里，隔着桌子和桌上的两摞书，痛心疾首地反思为何说好不买书，最后竟然书堆起来都挡视线了呢？记得我以前为了控制自己的买书量，特意将钱包留在家里，身无分文潇洒地走进书店，以为终于可以轻松地看书了。不想一下子看中好几本，苦于身上没钱，百爪挠心，最后回家取了钱包将书购回。

在三联看见一摞《帝国的流亡》，作者是年轻学者张晖。这

本书我是在飞机上读完的，只记得满纸的血泪和丧乱。和张晖的书放得很近的有李零的作品集。想起来维舟提过，张晖去世前读的最后一本书是李零的《死生有命，富贵在天》，唏嘘不已，不知是书店有意安排，还只是上架时的巧合。

另买了王世襄老先生的《明代鸽经清宫鸽谱》，补齐了全集。老先生难得通才，对古物风俗掌故了解极透彻，文字行云流水，我自从读了《锦灰堆》便一发不可收拾，又顺着读到了朱家溍、孙机、扬之水的作品。

蜜蜂书店

大雪

地　　址：北京市宋庄镇小堡村尚堡艺术区 B-106 号

书籍类型：文学，艺术，社科

关 键 词：艺术，港台图书，外版画册，蜜蜂出版，文创产品

书店宣言：采集文明，传播智慧

夜深雪重，闻折竹之声，宜访蜜蜂书店避寒

书店上下两层，木架林立，行于其中，或倚或坐，自可消散一身寒意

Borges
西藏生死之书
CROWD

DAIHO

蜜蜂书店开在宋庄已有五年，周围画廊展馆鳞次栉比，自然也成了北京独立书店中极具艺术气息的一家。因为周围是艺术区，常有人来买画册和摄影集，所以生意还算不错。小楼三层，一二层卖书，三层做活动。到访当天正好有几位欧洲的艺术家来访，读者看书之余，也不妨同他们聊聊。我喜欢这个书店的一切，只恨其太远，否则定要三天两头造访了。

书店很宽敞，在我去过的北京书店中算规模相当大的，大概是离市区远一些，少受租金之苦。在木质书架间流连，见书籍分类皆是手写，架上常有店员手抄的诗歌，若是取下一册册书翻看，则还可能抽出的是蜜蜂的留言本。两侧的楼梯连缀着三层空间，四围的小径延展成八个木架。虽不在江南园林，兜转其间，倒也能得些曲径通幽的妙处了。

很喜欢蜜蜂的整体风格，温暖明亮。照理说这么大的书店肯

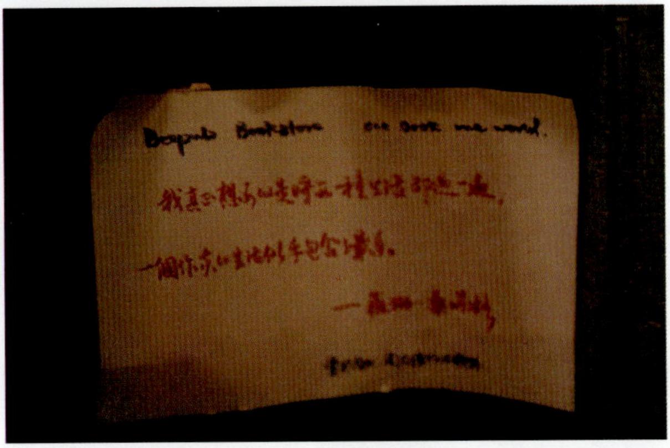

定不好打理，辛苦店员们了。中间的新书柜台上看到了高行健的《灵山》和诗集，没注意看是港版的还是台版的。另有新版的《博尔赫斯全集》、索尔·贝娄的全集。

书店里有一架子的原版画册，不乏法文、德文著作，旁边翻译版的建筑、摄影书籍满满当当排列着，也颇为可观。这些倒也都在意料之内。比较惊喜的则是人文类图书竟然也选得精彩，比起一些徒有其表的书店好上太多了。

历史和古典文学类的书看得出选得很用心，可惜时间有限，诗词架子只能匆匆过眼，顺手带了本上海古籍的《琴志楼诗集》。看到了新校订的《史记》，绿皮版《廿四史》也至少有大半。说真的，有绿皮版《廿四史》的书店真是屈指可数，印象里也就是彼岸书店和万圣书园。毕竟这类书不畅销，大概请来容易，送客就难了。前几天我有个朋友去彼岸书店，说架上的《二十四史》缺《晋书》和《三国志》，不知道谁买的，我说那就是我啊。

书店二层一角是旧书区，看到了一本《萨特自述》和一本《张衡诗文校注》，实是意外之喜。旁边还有桌椅，坐在这儿可以俯瞰整个书店。从书堆中抬起头，外面正飘着绵绵的冬雪。

蜜蜂本业是出版，2010 年开了这家书店，于是自然也要专门给自己的出版

Beepub Booksellers & Publishers

物一片地方了。出版社或是出版公司能开一家自己的书店往往特别有意思，不但读者找起书来目标明确些，且这样的书店再不济也能有自己的特色，不至于千店一面。蜜蜂出版艺术人文类图书居多，装帧极佳，且有几个系列都是开本很小的口袋书，很适合拿到地铁上读。我个人对精装书一直没什么好感，既然不是藏书家，还是对好翻趁手耐折腾的书更有亲近之感。

文创产品专区有不少本子和明信片，架子上挂着两只小蜜蜂。虽然我并不是特别欣赏书店将力气花在装饰上，不过若能这样应景，也是很好的一件事。

我对蜜蜂有特别的欣赏，是因为它没有失却作为书店本来的意义。看了北京这么多家书店，总归是那些气氛温馨的、有咖啡和茶的店里人更多些，但读者却可能还更少。京城里有遍布大街小巷的咖啡厅，书店的存在意义仍然需要与书有关，纵然为了维

持不得已另辟他途，但若是选书这块落下则真要路越走越窄了。蜜蜂这样的书店，值得被更加珍惜。

去没去过的书店，读没读过的书，见不认识的人，不一定要倾盖如故，也自有一番乐趣。逛书店的乐趣主要来自于“逛”，淘书的精髓则全在一个“淘”，这与网上目标明确的购买是无法互相替代的。丰子恺先生说，他很喜欢的一句话是“不为无益之事，何以遣有涯之生”。“无益”就是“无利”，大概目的性一强，趣味就少了。

库布里克书店

冬至

地　　址：北京市东城区东直门香河园路 1 号当代 MOMA 北区
书籍类型：文史，艺术，港版图书，进口图书
关 键 词：外版图书，咖啡厅，创意礼品
书店宣言：Reading what we read

访库布里克，正值新年将至

天寒地冻，落叶无迹，长街萧然

为之择冬至，以念初次寻访

革命

企业法人营业执照

库布里克书店让我想起小时候玩的积木。标志性的绿色格子或堆砌成书架，或吊在天花板上，大大小小，参差不齐，倒是有一种奇特的美感。有意思的是，吊在高处的格子基本不放书，或是只放两三本装饰一下，大概也考虑到取书方便的问题。一走进书店，盈满视野的便是润润的绿色，一下子想起小时候，家里一地的乐高玩具。

到库布里克书店，是 2014 年的最后一天。温度已经降下来了，落叶都没了痕迹，街上灰蒙蒙的，一片冬日的萧寂景象。书店藏在住宅区，缩着脖子，开着手机导航，来回走了几次，七拐八拐才终于找到。先喝了杯咖啡，暖和过来才开始四处转悠拍照。

因为是发源于香港的书店，所以店里也能寻到不少港版图书，常有人来此寻书。因为选书质量颇高，所以也弥补了书店稍小的不足。另有很多原版艺术类书籍，规模自然比不上时尚廊，

但也不乏精品。在书店里买了几本摄影集，免不了一笔大开销。

其实一家书店用不用心，稍微一看就能知道。分类是否细致，店里是否有可以坐下来看书的地方，甚至摆放书籍的方式。有的书店乍一看又文艺又好看，其实不过就是花架子。起初在网上看到库布里克的图片，也有些担心，走一遭却发现质量高得出乎意料。书架边放了很多垫子，方便读者随时席地而坐；书籍整齐就好，没有特别摆成什么奇异的造型，于是取阅也很方便。很贴心的一点是，因为未付款的书不可以带到咖啡厅，所以书店专门在书架边放了张长桌给顾客看书。桌上放着些推荐书籍，每本书都有店员手写的读后感。

店里文史方面的书也不少，买了唐诺的《尽头》和西川译的《博尔赫斯谈话录》。说起来这两本加上先前看中的三本摄影集，分量很不清，至今记得拎着一袋子书坐地铁回家，第二天早上胳

膊还能感到隐隐的酸痛。不过有时候看看自己的书架，虽然没有一本所谓的善本，但想想它们是如何从全国乃至全世界各地被我一本一本地聚来，也会觉得特别珍重。

快到新年了，书店里没什么人。或者说新年只是个理由，现在大多数书店里平素都没什么人。记得去内观堂书店的时候，老板说有时候一天也不见得有一两个顾客，整日整日守着书店，就得想办法找点事做，否则肯定寂寞。常听身边的人说向往开一家书店，但只有真的去跟行业中的人聊一聊，才会明

Recycles

白，坚持下去远比想象的难上太多，开书店需要的也绝不只是情怀。

我喜欢很多书店，但如果问我，愿不愿意开一家书店，或者开一家书店能不能支持下去，我真的无法给出答案。万圣书园数次搬家，老板曾有一句话，说“路未绝，再坚持”。这注定是一条很窄很寂寞的路，艰难险阻，不身在其中无法体味。

前两天我去库布里克的豆瓣主页看，近期很热闹，有许多沙龙和展览。这可能是售书越来越艰难的时日里，独立书店的一个生存办法。也许以后我们不再需要线下的售书平台，但却仍然需要文化空间。我并非反对技术革新之人，更不反对线上购书或者电子书，但我仍然相信实体书店存在的意义。

书店旁边有首家百老汇电影中心，所以库布里克的电影文化

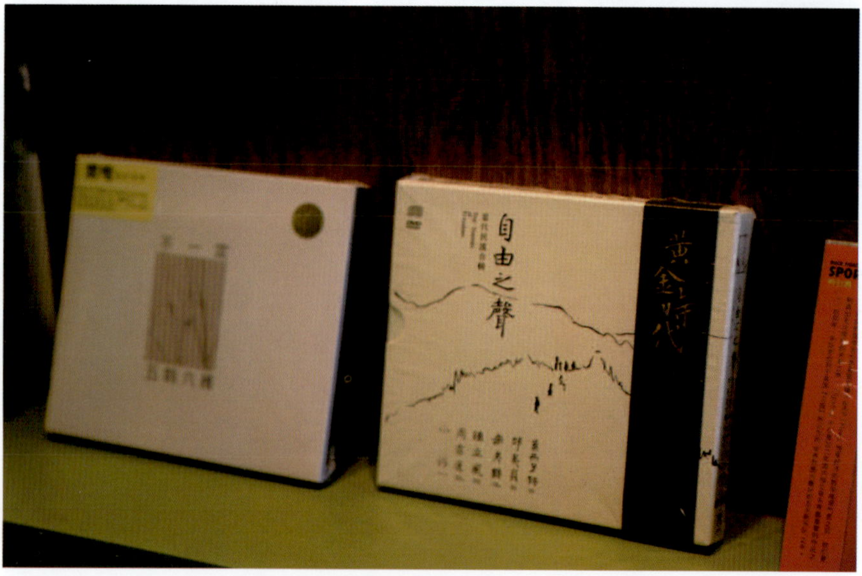

氛围很浓，墙上贴满了电影海报。香港库布里克所在的地方也毗邻影院，所以这家书店与电影可谓渊源甚深。如今书店不但成了电影爱好者的聚集地，也常有诗会、讲座、读书沙龙定期举办。

在店里买了几张 CD，价格并不贵。柜台一侧的小桌上还放着各种手作的小玩意，顾客看书之余，也不妨选几个带走。

今日美术馆书店

小寒

地　　址：北京市朝阳区百子湾路 32 号苹果社区四号楼
书籍类型：版画，国画，书法，雕塑，摄影，建筑，设计，舞台美术等
关 键 词：原版画册，艺术理论，独立品牌

雁北乡，鹊始巢

店中经典画册琳琅满架，新人新作亦予以一席之地，有传承之功

艺术类书籍虽少在畅销之列，书店却从未弃之不顾

为之择小寒，取坚忍之意，亦期其春归之时

DIFFERENCE
POP
RESEARCH
REPRESEN-
TATIONAL
PAINTING

今日美术馆书店是北京少有的具备一定规模的专业艺术书店，堪与其比肩的大概也就是时尚廊了。但这两家风格又颇不同，时尚廊西方画册、摄影集、设计作品集多，今日美术馆则收有数量颇为可观的中国艺术类图书，且有不少不太为人所知的新兴艺术家作品集。

书店临街，但由于地处非闹市，因而极安静。四围均是落地窗，通透明朗，沿着长街远远走来，便能隐隐看到店里的画册。推门而入，只见书店整体狭长，中间是长几，两侧书架林立，光影参差。书架均有倾斜设计，大概一方面出于视觉效果的考虑，另一方面方便移动。倒是各种艺术类书籍开本大小不一，装帧千奇百怪，密度又堪比切糕，真辛苦了诸位店员日日打理。

与艺术有关的书籍往往在装帧上别出心裁。流连于书架之

NATIONAL GEOGRAPHIC
商业摄影大师班

吴華 wuhwa
大昭寺的清晨

间，看看封面装帧也是乐事一桩。我除了对摄影略知皮毛，对艺术实则是个完完全全的门外汉，不过，即便如此，也不妨在书店中翻翻各类设计作品集和画册。一个人可以不知美何以为美，但却仍时时对美抱有欣赏之心。大概今日美术馆这家书店存在的意义，就是让人们能有机会从日复一日的生活中跳脱出来。

今日美术馆的摄影作品较时尚廊略多，且有中国摄影师如吕楠、肖全等人的作品。店里有吕楠的三部摄影集，这在我逛过的北京书店中还是头一遭。一直很喜欢吕楠，大概是他的纪实作品有一种谦卑之心在其中。至今还记得看《被遗忘的人·精神病人生存状况》的震撼之感，以至于到今天每每有人问我有什么喜欢的中国摄影师作品，第一个想到的总是这组。

书店有不少中国古代和当代艺术相关的书，这在北京书店中算是独此一家了。略微翻看了一下，不少书的出版年份都在 2010 年以前，能费心搜罗来也是难得，对此方面感兴趣的读者切莫错过。另外淘到了一本《明遗民画家研究》和一本《诗馀画谱》，钱包甚痛，钱包主人甚喜。

看到了于贝尔·达弥施的《落差·经受摄影的考验》，将摄影与电影相联系，越过了所有的表象，直接探讨摄影的本质问题。

今日美术馆书店的文化创意产品别具一格，在书店里占了半壁江山。明信片印的都是曾在美术馆展出的作品，在别的书店也很难买到。逛完美术馆，来书店带点纪念品也是美事一桩。

虽然我常说不喜欢看见书店变成杂货店，但也并不反对书店经营文化创意产品。书店该有书店的样子，如果卖些小玩意儿并不影响选书的质量，又能增加收入，何乐而不为？但文创方面得有一方的特色，最好与书店文化相连，美术馆书店在这方面可以做为典范了。其中很多都是独立设计作品，正合了书店的艺术主

题。又往往数量有限，在别的地方不好寻到，于是也成了书店的一种特色。

开实体书店不易，主打艺术类则更不易。前些日子听说时尚廊即将搬迁，正在打折清仓。至于搬往何方，何时再能起航，则只能交给未知的命运了。以电影为主题的斑马书店，它的公众号新开了一个专栏——“斑马死亡日记”。并不是关张迫在眉睫，但对于书店来说，死亡从未远去。我并不是理想主义者，有时候看了这么多书店，我也会在某一刻犹疑，是否书店的死亡真的是不可抵抗的大势？但无论如何，感谢所有坚守的人，感谢所有愿意逆流而上的小店。

涵芬楼书店

大寒

地　　址：北京市东城区王府井大街 36 号

书籍类型：历史，哲学，艺术，文学，社科

关 键 词：字帖，画册，商务印书馆，茶座

书店宣言：识荆之士，劳形之余，信步涵芬，捧芸帙，品香茗，会旧雨，逢新知，不亦乐乎

旧雪未消，新雪拥户。松竹萧寂，霜威正重

书店沿藏书楼之旧名，一脉不断，愿继斯文

择大寒，合其庄重

故宫画谱
故宫画谱

清光绪二十三年，夏瑞芳、鲍咸恩、鲍咸昌和高凤池集资3750元，在上海的三间小屋中创立了商务印书馆。商务印书馆地位巍巍，可以说其创立标志着中国现代出版业的开端。光绪三十年，张元济为商务印书馆设立藏书楼，藏古籍善本，后五年，以“涵芬”名之。民国二十一年，涵芬楼连同商务印书馆遭遇空袭，惜哉五十多万册藏书毁于战火，无数善本一朝绝迹人寰。新中国成立后，商务印书馆迁至北京，涵芬楼书店立于京城也已逾十年。袭用旧名，也算是对那个湮没在战火中的藏书楼的一点追念吧。

我从小就对商务印书馆有着很特殊的敬重，这大概不止是源于对它多年佳作迭出的喜欢，也有一些对其先行勇气的尊敬和对那场浩劫的惋惜。这么多年了，周围天翻地覆，商务印书馆却一直不移不易。大概是因其濡染，涵芬楼书店虽立世不久，但也恍然有一种悠游缓节的庄重气度了。

去涵芬楼书店，应该是坐公交车更方便些，出来不远就有车站。只是我坐惯了地铁，又恰巧想溜达溜达，所以从东四出来，在弯弯绕绕的胡同间转了一公里多。入冬时节，天气萧寂，小巷深长，入目一片灰色，无甚可看。午后胡同里没什么人，空得很，几辆自行车依靠在墙边，都一副快歇菜的样儿。这两天约莫是要下雪，倒是可以提前看看云，也有几分意思。

从胡同里绕出来，入眼的是涵芬楼书店的后侧，还得再往外转到正门。上次去三联，也大略是这样的季节，也是由一堆毛线一样的小巷中寻过去。只不过那

次是和朋友同行，没心思看景儿，如今走到涵芬楼来，才发觉虽是冬天，却也很有些意趣。有时候甚至觉得，像这样的书店，就算着急，怎么着也得霜降以后去。那份不矜不躁的庄重气象，与冬天，才最是相合。

巍巍而立，风雨不动，涵芬楼书店在王府井大街上，已经站了十多年了。它竟然真的沿袭了“涵芬楼”这个名字，去承载和传承这名字背后的荣耀和沉痛。站立在这栋平常的灰白色小楼前，望见那牌匾上的“涵芬楼书店”，如何能不想起近百年前的那场大火，想起那些一朝化为灰烬的善本。藏书楼如今已被湮没，而京城之中却还有着这样一家书店一脉不断，也是不幸中的一桩幸事了。

我一向很欣赏好的出版社能有自己的书店，比如三联的 24 小时书店，比如商务印书馆的涵芬楼。这大概就是一点私心了。我喜欢三联和商务印书馆的书，又苦于在其他地方所见皆零零散散、不成体系。当然这也是没有办法的事，毕竟旁人再如何细致，又怎能比出版社自己收得更齐全。就说这商务印书馆的“汉译名著”系列，几十年里不紧不慢地出，如今汇涓成流，竟足足要占一面墙了。这要不是亲生的，怎么可能给出如此宽敞的地方！

书店上下仅三层，所收也皆是新书，与老藏书楼浩浩繁繁的几万册和举世无双的古籍善本是比不了了。纵然如此，沿袭旧称也无不可。藏书楼覆灭，曾经的藏书天壤间也已是不存，能有这样一个书店，沿用旧时的名字，也能让后来者不至于忘记。商务印书馆百年不倒，涵芬楼也以另一种面目再次立于世上。我生也晚，无缘得见其馆其楼旧时盛况，却能得见它们历尽浩劫后重新立于京城之中，岂非大幸？

其实涵芬楼书店与三联老店是很有些相似之处的，都有一种很悠然的气度。曾经听人说过不喜欢三联的新店，就想起班主任挂在嘴边的“一届不如一届”。其实新店自有它的妙处，想来也是经过了一番细致的考量，只是和涵芬楼与老店不是一个路子罢了。虽说应该追求隔壁拆房子仍能读书不殆的境界，但周遭所有与看书的心境总还是相关的。走进三联的新店，我会想翻翻捷克的小说，但若是身处涵芬楼之中，则要选《史记》之类了。

“中华现代学术名著丛书”中的几本于我都有引路之恩。我曾将岑仲勉的《隋唐史》、吕思勉的《隋唐五代史》和唐长孺的《魏晋南北朝隋唐史三论》三本共读，受益极深，不敢忘怀。再比如朱自清的《经典常谈》，语虽浅近，却条理分明，论断精当，亦是启蒙之书。而旁边李长之的《司马迁之人格与风格》，也

是我初读《史记》时很喜欢的一本小书，当时从万圣书园随手购得，如今还常常翻看。

《清史图典》这套书以前没见过，翻开全是描摹清宫盛景的画作，图文详实，很有趣味。想起上次去台北“故宫博物院”，恰逢郎世宁来华三百年特展，得以一睹真迹，如今看到这书，又不由得想起彼时的畅快了。而有趣的是，我第一次去台北“故宫博物院”，明四家展览正轮到仇英，如今在书店里，合上《清史图典》，转过一个矮桌便看见仇英的画册，岂不是缘分？

王世襄老先生在《锦灰堆》中数次提到这套《中国画论研究》，我虽没有看过此作，也早已知道其历尽周折。老先生受家庭影响，自幼及壮，对绘画一直兴趣很深，所以硕士论文的题目便定了《中国画论研究》，完成了先秦至宋末这一部分。毕业后笔耕三载，始成煌煌七十万言。他一直想修改初稿，可惜后来国难日深，历经流离，真正安定下来却又左目失明，书写不便，修

改《画论》也就终无机会了。老先生谢世已六年，俪松居的旧藏也散了大半，而如今翻其人文章，提到《画论》处，还能读出惋惜的语气。

店里字帖极多，大略观之，想来是可以压过三联的，与中国书店相比，也不至于逊色。这倒确实是意料之外，若是爱好书法的朋友至此岂不是要陶然忘归了？临走时带了两本唐人的小楷。说起来我这人不练字，但这些年零零散散却买了不少印本。以至于别人到家里看到书架上的字帖，都以为我好书法，真是惭愧。其实平常翻看，不过是出于一种审美的愿望罢了。

有禾里书店

尾声

地　　址：北京市朝阳区力源里北街 2 号

书籍类型：文学，艺术，港台图书

书店宣言：一杯咖啡，一本书，一个新奇的伙伴，共享这一刻的记忆

八月初次造访，一月未过，竟闻关店之事。不想初次相见，已为永别

然数时之中，竟购得近十本珍爱之书，感念之情无以言表

置之为尾声，以为送别

书店的灯光
WALT WHITMAN
小辰光

guang
光
吴奇隆 著
Frank Gehry
談藝術設計
建築人生
Conversations with
Frank Gehry
姚仁祿
劉育東
詹偉雄
劉維公

2015年8月9号，我第一次去有禾里书店，9月17号在微信上看到一篇文章，说力源里北街的有禾里书店，不在了。书店老板在公众号里说，有禾里书店坚持了三年，而这篇文章将是他们的最后一篇推送。看到这条消息时，我已想不起是什么时候第一次听说有禾里书店的名字，又缘何拖了这么久才终于去了一次。我和有禾里只有匆匆一面之缘，没办法说有多难过，只觉得深深的遗憾。几次想将关于有禾里的笔记写成文章，却每每不知从何说起，不过一个月的光景，它竟就已经消无声息地消失了。

如今妄图将这些支离破碎的记忆连缀成篇，只希望能保留一点关于它的记忆。至少在过去的三年里，在力源里北街，曾如此不合时宜地存在过一家小书店。四惠地区的书店我不太了解，只知道未来汇大厦内还有一家字里行间。不过字里行间选书实在令人失望，去过一次就再也提不起兴致。有禾里在选书方面则精细许多，看得出店主是个很文艺的人。那日时间紧，只停留了不到一个小时，就找到了 Philip Roth 的 *Everyman*、北杜夫的《牧神的午后》和舒国治的《流浪集》。当时想着，哪天有空再来仔细看一看，不想再无机会。

书店面积不大，又与猴面包树咖啡共用店面，真正能用来放书的空间有限，好在老板在收纳方面天赋异禀，满满当当而不显杂乱。很喜欢有禾里的整体装修风格，一则我对木质书架有特殊偏爱，二来店里不避使用鲜艳的颜色，使整个空间洋溢着一种欢乐的气氛。店面虽小，绝无闭塞沉闷之感。常听身边的人说，若是将来不愁生机，想开一家小书店。如果有禾里还在，我真希望他们能去看一看，大概那就是他们梦想中的个性鲜明的私家书店。

到的时候是下午两点左右，光线很好，正适合坐地翻书。虽是周末，店里却顾客寥寥，得享安宁。有禾里的选书跟朴道草堂有点像，属于独立武林之外，自成风格的那类。转上一圈，除了村上春树和陈丹青的作品，几乎看不见什么其他畅销书（要知道，村上春树、马尔克斯、木心、陈丹青等几位可是现在大多数书店的标配）。当然绝不是说这些作家的作品不好，而是说，各家书店在选书上还是独立一些为妙，否则偌大一个北京城，书店都一个套路岂不可惜。

在有禾里书店中，诗歌、电影、戏剧的元素随处可见，牛津、香港中文大学的精装文学书籍是架上常客。中间的推荐柜台上有纪德的《遣悲怀》，而转了这

么多家书店，除了在有禾里，我就只在彼岸和 PageOne 见到过这本书（当然很可能其他书店也有，我错过了）。《遣悲怀》是纪德悼念亡妻的作品，惶惑、复杂而破碎，读之不能忘。后来骆以军亦为亡友邱妙津写了同名作品，两部作品同是悼亡之作，皆有可读之处。

店里有相当一部分的日本文学和港台文学，找到不少想读的

书。如北杜夫的《牧神的午后》，从未在其他书店见过，竟没想到会在这样一家小书店寻到。北杜夫是精神科医生，笔下人物常常有点幻灭或者失衡的感觉，然而这种幻灭或者失衡却是基于其对人性极其敏锐的洞察。从前零零散散地读过《百蛾谱》《狂诗》和《鼹鼠》，如今买到此书，正好补上剩下的几篇。

跟我比较熟的朋友或者读过“聿曰”以前文章的读者大概知道，周作人是我最喜欢的作家之一。周作人的种种作品和译作，

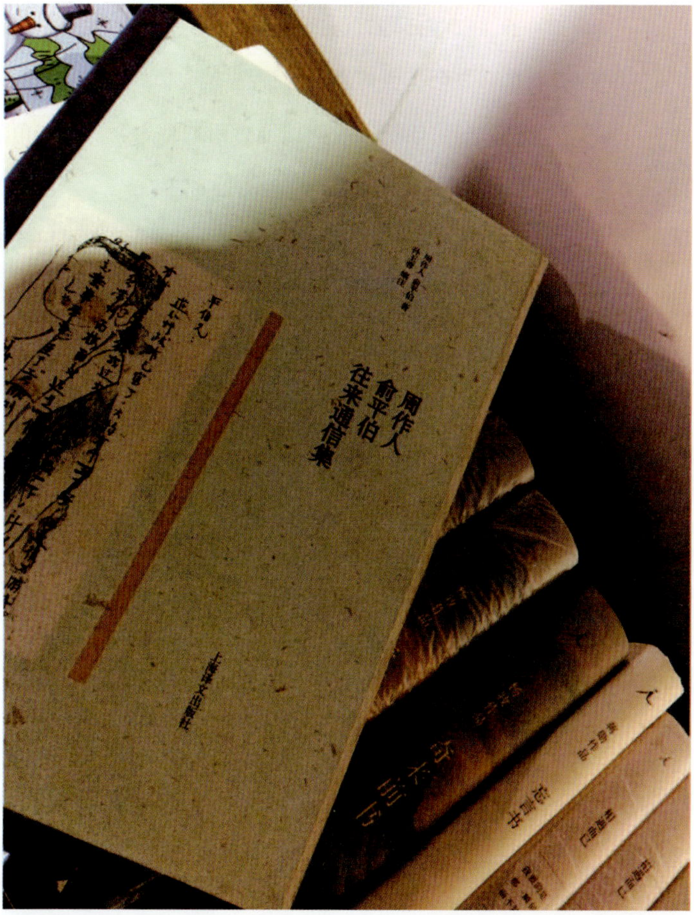

我几乎见一本收一本，在家里书架上码了整整两排。几个月不抽出一半翻上两页，便要怅然若有所失。《周作人俞平伯往来通信集》这本书我“觊觎”已久，却一直没能入手。有一次在一家书店看到，身上钱不够，只好作罢，打算下次路过再买，结果一拖就没了时日。后来有一位书友散书，知道我喜欢周作人，本想将此书转给我，临装箱却找不到了。却不曾想，这般周折以后，偶然在有禾里靠墙的小书架上寻到了。

有禾里除了卖书，兼营一些文创产品，如书套、书签、本子、咖啡杯等，选择颇用心。若是喜欢精美的手工礼品的读者，看书之余，也可以看看那些笔记本、挂饰和机器人铁皮玩具。这些架子应该是以前卖挂饰时用的，如今都堆在角落里。不挂东西以后，才觉出这架子本身的好看之处。

角落有两张桌子可以喝咖啡，据说猴面包树的咖啡极佳，奈何时间有限，未能一试，下次吧。这句话是我去有禾里那天回来写的，现在看来，显然是没有下次了。店面转给了一位老顾客，可能会继续做书店，也可能不会。

我会记得你，逆流而上的有禾里书店。

附录 我的读者是真爱①

桌桌：

和我同桌一年的姑娘在高二时张牙舞爪威逼利诱，要我关注她那个我读都读不顺的公众号，没想到一年之后她已经接到邀请要出书了。这个从来没被我当面夸过的姑娘，其实就是这样一个文艺又多识，睿智又有点小刻薄的人。希望你和你的猫猫“聿曰”一样，善始不终。愿我们都能善始不终。

小木南：

小书猫，嘿嘿，今天读《庆生》那篇文章才知道“聿曰”是“書”字拆开来。这段时间研究生刚开学，也是胡乱忙了一通，好几篇文章没读，今晚抽出睡前时间恶补了。刚开始读就有了个小收获，所谓“白头如新，倾盖如故”，妙哉的相见恨晚。就像我跟你和这个小公众号一样，也可以让我荣幸地认为是“倾盖如故”吧。

“聿曰”是我所关注的近百个公众号里最喜欢的，没有之一。她给我的感动是朴素的真、善、美。我之所以每篇都追读，不仅是因为她对传统书店与书的热爱，亦是她的每一篇文章富有的情愫就像作者曾在文中提到的一个词：“倾盖如故”。我们虽素未谋面，但从看第一眼开始就知道我们有着共同的所爱、所好。一本

① 附录部分为『聿曰』公众号读者留言。读者排序不分先后。

书牵动着两个书友的心，一个书店萌生着对生活慢时光中滋养知识的情。缘自书，讲起来便有太多感受了，情不必言长，愿“聿曰”能够细水长流，作为书友亦会相思如红豆。

羽毛叔：

一年来每次拜读“聿曰”文章总有感触。在当今浮躁世界里坚持探访独立书店实属不易，乃中华读书精神之正能量，为青年一代之榜样。

高红：

谢谢主页君近一年的分享！欣赏你的才华，佩服你的坚持和执着！

mr、陆：

“是谁传下这行业，黄昏里点亮一盏灯。”独立书店的“消失”是社会问题，人们崇尚的是物质、利益、美女和花天酒地的生活，读书成了浪费时间的奢侈的事，就好比当下人们不计后果破坏生态环境一样！独立书店熬过困难，星星之火定能燎原！

渔歌：

书店，于六零后之我，无疑是心智的驿站，或许也是永恒的神殿。当 1977 年恢复高考，母亲就在黎明前的黑夜中排队，在川西南一个小县城的唯一一家书店门外，为刚上初中的儿子买了一套数理化课外复习资料。那淡黄色封面的墨香从书店经过母亲的手飘入了我的心灵，尽管当时远不知觉，但终生庆幸未错过。

从此，书店以其温暖的光亮包裹着我人生及其心智之旅途，如同藏民前往圣城拉萨朝拜路上的一座座驿站，又或是我永恒的神殿。从青衣江畔雨城的小书店，到武昌解放路的大新华书店，再到北京海淀小巷里如盏盏渔火的各色书店、深圳充满现代感的书城、广州紫红色的购书大厦……我不知道有多少时光安放在了书店里，也未统计过买了千本万册书，只知道在书店里我从没有寂寞和焦虑：在唐诗宋词、仓央嘉措、纳兰性德的文字里读到了中华飘逸的魂魄，在培根、笛卡尔、居里夫人、爱因斯坦、霍金的文字中窥探到了宇宙的秘密……想不到九零后的“聿曰”点燃了六零后的我关于书、书店，也关乎时空的丝丝思绪，油然对之赞叹与欣慰：一个少女十年的爱书、读书经历，化着呵护京城那家家独立书店的怜爱相惜之心。此时，我凝望窗外秋夜中的万家灯火、江中倒影的盏盏渔火，犹感亲切、温暖、坚毅、坚定，或是人类精神的那份薪火相传。隔壁房里的母亲已然入睡，我却依稀看到她在书店门口排队，等待黎明的第一缕阳光，透过书店的窗，尽管那是乍暖还寒的春晨……善哉！

一个耳东：

从朋友处得知“聿曰”。从前也动过做个书店集结的念头，类似于一张书店地图，所以看到“聿曰”的时候，心中是十分欢喜的。看到有人做着这样的事，又做得如此的好，很高兴。恰好今年又从东南沿海来北京上学，终于有机会去逛那一个个京城的独立书店。这本书就像一本他人做好的善意的备忘录，看着十分开心。那么，以后的日子，有机会也一起一直做下去吧。

赵小斌 bookbug：

原本是缘于散书的相识，却在意外中有了“书店巡礼”和文字推送的邂逅。一来二去的以书会友，三番五次的书外交流，也多少有了点儿堪称忘年的交情。“聿曰”，不只是话书；读书，也不止于“聿曰”！

无名：

感慨“聿曰”平台在一个高中女孩的独立打造下茁壮成长！希望她壮大并得以发扬传承。期待明天更好！

会飞的胖子：

海内存知己，天涯若比邻。

路遥知马力，日久见人心。

Sandiago：

书店的光芒渐渐隐没，你用自己的热情与坚持，重新唤醒书店的魅力。期待有一天，能够走进一家属于你的书店。加油。

Echo Ling：

要出书了吗？先说一句“恭喜”。很羡慕主页君去过这么多书店读过这么多的书。我觉得你在做一件很有趣也很有意义的事，身不能至，心向往之。这么久以来，“聿曰”推送了不少关于书店的推介或者是书评，都有仔细看过，很喜欢主页君的文字，有种墨香味，看起来觉得很安静。

一个第二天就要期中考试的高三党，忍不住想要回复，也算作是明天语文作文的伪练笔吧。作为一个并非土生土长在北京的外乡人，和一个刚刚关注这个公众号不太久的读者，我眼中的北京，从一开始就只是她现在的样子，小时候几次走马观花的游玩也不曾留下什么特别的印象。但是来到这里久了之后，就从越来越多的渠道——比如的哥唠嗑中蹦出来的一两声叹息，比如

“四九城”里推送的一些投稿，比如你记录下的一切——听到了一些来自老北京旧日时光里的感慨。这些感慨有些孤单坚守的意味，既能听出些扛不住岁月洪流的无力，又能感受到一腔热忱里不消不灭的希望，是来自理想主义的现实力量。可以这么说，北京城，这个于我而言仅仅意味着刮不完的大风、干燥的空气和噼里啪啦静电的异乡，就是在这些声音与文字里丰满成有血有肉的可触可感的第三故乡的。十年坐店翻书的时光，听起来就让人觉得恬静且美好。虽然直到今天以前，我都不知道这个公众号存在的前因后果，不敢说是这个计划的支持者之一。但我想，高三结束之后，若我还能留在这座城市，我要沿着你的文字轨迹，再翻十年书卷，等待着终有一天时光“倒流”。

另外表白主页君。之前回复过“四九城”和你的微信平台，虽然都是一个或者几个年轻人用闲散的时间创建起来的平台，但是都倾注了许多的心血，有着许多大机构的平台所不具备的细腻与温暖，看你们的文字就可以感受到那种热爱和对每一个读者的感激。高三课业繁忙，一周都没什么休息的时间，如果有空可以看看手机，我就会不由自主地绕过刷屏的信息，来看看你们说了些什么。虽然如你所说，作为读者与你素昧平生，但是就我看到的冰山一角来说，总觉得与你的距离并不遥远。看你的文字，就如同面对面听你说一个很长很长的故事。笃定柔和的语气，看着舒服又不随大溜的字体，组成了一个萌萌哒主页君～我表达不出来啦，就感觉整个人非常和谐啊和谐！

最后想起一句话：不忘初心，方得始终。祝主页君在大洋彼岸学业顺利，生活愉快。

Aimee 追梦人 +1：

啊，我文笔不是很好……只想给你点一万个赞～

晶光闪闪：

如饮尽香茗后的清香久久在舌尖徜徉，阳光透过枝枝丫丫的树梢款款地将投影打在我的脸上，读后思绪仍挥之不散。字里行间的温馨回忆如晨钟暮鼓时的守望，钟响，茶凉，卷掩……尽管世界很大很大，时光的齿轮不断耦合，但作者心灵一角仍倔强地蜷伏着不老的回忆。一切拥有，终究逃不过消亡，欲望使文化多元却也使人心受到禁锢，唯有经历是最忠贞且最牢靠的财富。追随内心和谋求利益难以两全，但是唯有抛开物质的依赖和忧惧，人的思想和创造力才能自由驰骋，开出娇艳永恒的花。祝福，安顺，跟您说声“谢谢”，在离开北京前。

Mandy：

作为 yǎoyáo 一年的前桌，我也是看尽了她的千姿百态。然而在“聿曰”上展现出的却是一个我从来没见过的她：更深刻，更细腻，更文艺。她的思考常常能触动我，她读的那一沓一沓的书也总是鼓舞我（成为更有文化可以跟她交流的人）。她曾跟我说，世界上有那么多优秀的作家，跟他们比，她的作品实在是拿不出手。可是我觉得，作家是可以有多种形式的。这样维持一个公众号，有很多人默默地喜欢着你的文章也是极其幸福的。yǎoyáo 无疑是有天赋的，希望你能继续保持，把“聿曰”办得长久。看好你哦 ；）

拆了西瓜：

我还记得第一次在朋友圈看见“聿曰”的时候，也是“聿曰”第一次做活动的时候，那个找一找第七页第七行写了句什么话的活动。我感觉很新奇，很少有读书的公众号做这种看起来有意思却又无厘头的活动，于是兴冲冲地去填了，才知道公众号是隔壁大神做的。

刚开始也不知道“聿曰”具体会推送什么，抱着一种盲目的对读书人的崇拜关注了之后，才慢慢发掘出有意义的事情来：“聿曰”不仅仅是各个书店的一个展示，也不仅仅是几篇文采飞扬的鉴赏——它做到了很多，至少是我做不到的事情。

我也想有一天漫无目的地买上两斤书，我也想有一天开一家我想怎么摆放就怎么摆放的书店，角落里提供着没有几个人喝的咖啡，翘着二郎腿坐在收银机旁边，拿着一本小破书看得津津有味……

不过他们都在参考书和数学题中远去了——那句话怎么说来着，“哦我浪费着我寒冷的年华”。于是我也就想想。

后来有了“聿曰”。那些灯光下看书的人影，横竖不一的透视线条，像极了我遥不可及的梦。隔着一个屏幕，也许会近一点。

哦，我还是要提一提“吃饭”那期，真是我的最爱。吃饭和睡觉，真是生命里最不可以小看的两件事情。它们是冗长的日子里，最最简单、最最纯粹的事情，不多不少恰恰正好可以组成人生中最有力的支柱，完整又坚强。所以每当我看到“吃饭是最恒常最简单的事，而生命里无数的无常和无解，需要用恒常的东西去抵御”的时候，简直像看到了圣光。吃吃吃的意义不仅是饱腹，那是一个人最基本的生命印象。所以不要亏待自己，赶紧吃吧！（这就是一个奇女子如何长胖的故事。）

箫声回荡：

闻得“聿曰”将集结出版，有欣喜亦有些感伤，但更多的是一分期许。因海遥而对书店入了情，不癫却痴。可由着一天的北风，去找野草书店，只为确认是否还在。答案还是凄凉的。每看到“聿曰”与书店之文时，先是满足的感动，再是对其的一种感念。因兴趣而做足一件事之人实在是少，却因这世间总有一些特立独行的人而成了真。

PHANTOM ZHENG：

一开始不知“聿曰”为何物，后来出于好奇才开始阅读推送内容，从此便被其深深吸引。“聿曰”正常更新的时候，这只“猫”是我每周的一点小小的期待；不正常更新的时候，它是我每一万年一点小小的期待。只要这只“猫”还活着，我就会一直全心地关注它。

境自在书店 大石头：

海遥你好，欣闻你有书出版，很为你高兴。作为你的湖北老乡，我非常敬佩你对书店的感情和写作的水平，我非常喜欢。我的文笔有限，也不为在你书里留下什么，唯有深深的祝福，愿你能坚持做好自己喜欢的事情。并随时欢迎来武汉，来境自在。（微笑）

周易繁：

每次看完“聿曰”的更新，第二天再看到你本人都会有一种不真实感。每次因为“聿曰”的推送感慨万分，拜倒在你的文笔之下，第二天看到逗比的、猫一样的本尊，都会想，这怎么可能是一个人……不过非常感动你特意拍过柬埔寨某书店的科幻小说栏目，印象很深的还有那个和我生日是同一天的书店，以及你说的“因此刷了好感动”，真是太魔幻了……

然而我还是要正经一下，虽然你写过的书店大部分我从没有机会去，但是看到你的推送的时候，就好像和它们打过了招呼一样。很感谢你在北京东奔西跑，把这些散布在这座城市里、可能快要被遗忘的群星带到我们面前，为我们展开一个温暖的小世界。

Caesar：

我身边一直有着一种你情我愿：自媒体们把主流的和刻意特立独行的理念、观点包装起来，舀起来喂进人们嘴里。有些人也就欣然嚼咽，把这些观点信手拈来，在适当的场合从嘴里掏出来。然而“聿曰”有两点比他们强，而且是我最欣赏的两点：不炒烟油味重极了的剩饭；有自己的准绳。

Nancy：

其实我是个典型的理工女。对于文学我原本也只是粗浅地看一看罢了。最开始看“聿曰”的时候是为了各种美图去的（作者是个摄影高手）。然而慢慢的，我发现自己被“聿曰”感染到，开始下意识地留意周边的书店，偶尔也会进去坐一坐，翻一翻最新出版的书。“聿曰”对于北京的各种老书店新书店都有记录和评价。作为一个并不文艺的理科生，有的时候去书店坐一坐，感受一下北京文化也是不错的选择。

魔老板：

在杜克夏校遇到你。你的“聿曰”让我知道山外有山，也让我看到书之外的一个世界。被你“安利”了好多好多书，受你激励，现在我也有自己的公众号了。希望“聿曰”能继续 let your life speak！

胡海滔：

因为机缘巧合，我生长在湖北，在北上广深和香港都算工作过，新加坡也待了将近十年，却从没有系统地认真地思考过在离开某地前，为这些曾经生活、成长、奋斗过的地方留下点什么，为自己的成长历程记录点什么。谢谢你给了我新的启示。认清自己，扬帆起航。

沛航：

关注“聿曰”是缘于一次意外的发现。

一日，有一挚友推荐给我这个公众号，他说有一个人大附中 ICC 的学姐，仅凭一个人就办起了这么一个公众号，而且有声有色，有滋有味。记得初看内容甚觉清新，文风隽秀不俗，翻了几篇文章，很快就深深爱上了。异之，好奇的我很快和聿曰猫聊上了。我和聿曰猫就这样结下了缘分。浅谈中，我发现聿曰猫平易近人、大有学问。我们从学校的生活谈到文章，从文章谈至书店，所言甚欢，很快便在微信上添加了好友，之后，我们常谈论一些有趣的书店，谈诗歌，谈我们共同仰慕和推崇的黑塞和鲁迅先生。

有一日，出差在外的父亲突然来电，问我是否认识田海遥（也就是聿曰猫本人，笔耕不辍的作者），初感惊异，连忙答是。他又说，田海遥的父亲与他曾是大学舍友，是上下铺的兄弟。

吓死宝宝了。

原来我和聿曰猫的缘分早在父辈的时候就已经结下了。很快我和聿曰猫谈及此事，她也吓了一跳，但是就因为这样突然飞来的一层关系，使我更珍惜同她的友谊。我开始与她常交流书店的趣事，向她推荐，也向她请教，更有甚时，去旅游也要向她打听一下有无有趣的书店。聿曰猫从不卖关子，每次都会好心告诉我。

在我父亲的主持下，我们两家人有一次聚餐的机会，是在一个江浙菜的饭馆——孔乙己。我头一次见到聿曰猫本人，幽默、大方、爱笑。除此之外，身高要是再高一点就完美了。吃饭的时候，我们根本不顾长辈在谈什么，而是沉浸在一个套一个的话题中。她点了茴香豆，我们就开始聊鲁迅，过了一会，不知怎么我们又聊到了诗歌，聊到了黑塞的中国诗。饭桌上经久不息地响着聿曰猫铜铃般的笑声。

饭罢，没聊够。我们让父母先走，两人找到一家星巴克，她点了一杯拿铁，我点了一杯抹茶。我们一直聊到将近十点，从校园轶事到宠物，从诗歌到书本……聿曰猫说她不喜欢电子书，唯独钟爱文字印刷在纸张上的感觉。总之，无论天南海北，我们无所不谈。

聿曰猫后来又提到她对咖啡因有强烈的抗力，毫不畏惧晚上会难以入眠，但也因此找不到对付困倦的对策，喝再多咖啡也无济于事。我沉浸在和她的闲谈中，变得越来越兴奋，劝她体验一下新出的“死亡咖啡”——据说能让人一周睡不着觉。聿曰猫作为一个热爱生命的人，谢绝了我的好意。

回家后，我对这位学姐表现出的才学和风度充满仰慕，她成为我生活中的偶像。后来我发给她一些我的拙作，请她指正。她坦诚地分享了她的想法，又熬夜极认真地分析我的诗句，至今想来，仍觉感动。

过了一段时间，在我听说已经有出版社联系她要将“聿曰”上的作品结集成书时，我打心底为她感到高兴，遂欣然写下这篇毫无修饰的短文，在回顾我们相识至今的经历的同时，作为对她的肯定与祝福！希望“聿曰”能办得越来越好，聿曰猫田海遥本人也能在升学之路上顺风顺水，收获圆满！

吴梓萌：

听说聿曰君在书稿里没少提及一个和她一同刷书店剁手的“软妹子”。很荣幸地告诉大家，这个“软妹子”，咳，就是我！

相识聿曰君是在高一的某一天，平凡到除了这件事之外没有其他能让我回忆起来的东西。当时，深陷在中文里无法自拔的我完全无法适应国际部的生活，听说聿曰君酷爱语文之后，便直接莽莽撞撞跑到她们班求认识。就是这样莫名其妙的举动，让我结识了这样一个才华横溢的书友。自此，倾家荡产砍书的时候有了伴，身无分文饿肚子的时候再也不会孤单，真是一桩大快人心的乐事。

在生命的旅途上，我没少结识爱看书的人，但是我从未遇见过像聿曰君这样博览群书，又对买书逛店如此狂热的人。她给我的感觉就是从古至今什么书都读过，一起逛书店的时候，随便拿起一本书，她就能给你从作者生平到阅读体验说上一大通。难得的是，这样博学的聿曰君除了牙尖嘴利（俗称“毒舌”）之外是个十分随和又接地气的人。她的每期“聿曰”我都会读，一边惊叹她学富五车，一边自愧目不识丁。其中有不少篇章能让我有感同身受的惊喜和感动，比如关于书信，关于漫谈，关于买书等等。于是在被“聿曰”引发思考之后，就会来到转发的评论区“噌噌噌”码一大篇字。写了长评的同时又发现了未知的自己，实在是很有意思。强烈要求“聿曰”增加评论区，这样就可以去占楼了（笑）。

结识聿曰君最让我惊喜又庆幸的一点就是，她重新定义了我对“疯狂”的边界，给我打开了无数新世界的大门，让我回归了自己原本（肆无忌惮）的样子。小时候家长管得严，而且对文科偏见颇深，导致各种杂七杂八的爱好被压制得不轻，甚至包括买书读书这一方面。但“聿曰”的存在让我发现，在北京还有这么多家风格各异的大小书店可以走走逛逛连泡几天，可以流连忘返狂砍数百，并不只有家门口的几家可以待，于是幸福地坐三十多站地铁奔向钟书阁，整个人开心得分分钟旋转跳跃炸裂成烟花。一直秉承大人们“网购买书便宜”这一观念的我，通过“聿曰”意识到，在书店买书是一场惊喜迭出的冒险，还能支持书店们发展，顿时觉得这种寻寻觅觅的诗意和人情味十分动人，从此一去不返，四处搜罗。而且逛了中文的书店会种下一批原版书的草，再去英文书店的时候如果遇到，那种“似是故人来”的喜悦岂是网购所能比拟的？（当然，除了一本书店一直找不到网上又长期缺货的书突然有货的时候。）最重要的是，“买来的书还没读完就不能买新书”的观点到底是谁传达给我的？反正买书除了占地方之外没有坏处，而且有了新书的催促，挤时间读书的信念才会更加坚定嘛。

总而言之，在我剁了 200+ 买书被妈妈问起的时候，只要说声“聿曰君买了 400+”，妈妈就会很欣慰地摸摸我的头呢：）

在我们一起买书的日子里，我俩无数次从学校跑到书店，一起剁手到天黑，然后每人拎着一大袋子书在凛冽的风中一起回家。路灯昏黄的光晕染在静默的人行道边缘，满心都是灯下夜读般柔和朦胧的幸福。总说买书剁手，其实细想也不尽然，毕竟书是性价比最高的东西——买件衣服两三百，不如拖五本原版书回来；吃顿饭四五十，不如拎两本中文书回来。衣服穿久了会腻，长胖变瘦后会不合身；美食吃下之后，快感就变成了脂肪；而一本好书却百看不厌、百嚼不腻，不仅不会随着不同时期的不同感受过时，还能抱着打发一天的时光，真是让人欲罢不能呢！察觉到这一点的我对书本君们更加有热情了，如果在一个有书店的商业区里待着，那么逛街当吃货这两件事大概只会被我排到书店关门身无分文之后了。

虽然我们都已经高三，过不了多久就会去不同的国家上学，但我相信，无论什么天遥路远、时过境迁，我们一起逛店剁手时依然会这样奋不顾身，聊起读书还是会一样眉飞色舞；说不定老了之后会在深巷里弄上一间书屋，在午后安逸的阳光或者寂静的铅灰色天空下坐着摇椅，读书品茶。

这样就够了。

犹如故人归

后记

冷皓辰

说起书和书店，我本该说些什么，可却又不知该从何说起。

已经忘记第一次读书是在什么时候了。似乎在能够到处乱跑之前，有很长一段时间都和一本《古文观止》度过。现在它已经发黄了，默默躺在书架的角落里，许久没再被翻开。

后来上了高中，因为竞赛的关系在全国各地跑来跑去，包里的《数理方法》取代了《野草集》，桌上的《电动力学张量分析难题集萃》取代了《大师和玛格丽特》。但每到一个新城市培训，我总是会在还没安顿好的第一天下午跑去当地最大的书店，然后拎回一袋子书。室友总是问我：你看这些有什么用？能帮你拿金牌？能帮你上清华北大？我总是无言以对。也许作为一个理科生，确实不该放不下文学。可是，每当我在一堆昏天黑地的微分方程中抬起头时，总是会想起那座《城堡》，会想起那本《沙之书》，会想起飘着雪的爱尔兰，会想起“迅哥”笔下一个个沉重的灵魂，也会想起陀思妥耶夫斯基对自己灵魂的一次次拷问。古人说，“三日不读书，便觉言语无味，面目可憎”，想来我当时要是照照镜子，没准能把自己丑哭了吧。

后来，在一个早晨，我正准备爬起来去实验室和分光计做最后的斗争，突然班里的一个女生在微信上和我说：“诶，要不介绍个很棒的人给你吧？”于是我第一次知道了“聿曰”这个名字，也第一次认识了它后面的那个女孩子。说起来缘分真是个很好玩的东西，如果我那天没有睡过头，也许就不会知道这个公众号，也不会认识田海遥了。

真的很喜欢海遥这个人啊。从喜欢的书到喜欢的作家到喜欢的歌，有太多太多的相似。当然，作为一个没看过什么中国古典名著，连古诗都背不下来几首的“文盲”，我依然遭到了无情的碾压。并且不光爱好相近，在她身上更能看到许多我没有的东西。比起一个可以说几乎从不挪窝，就在家、图书馆和实验室穿梭的死宅，她的身上，有太多的活力、太多的热情，让我想接近，又想退却。能坚持写一年的公众号，能跑到各种地方去淘书，能拍摄那么多的独立书店，这些都是我曾经想做却最终因为懒惰或者犹豫而没有做的事情。现在她要出书了，除了祝福不知道还能说什么。在同龄人里能让我如此佩服的，除了竞赛上碾压人类的那几个变态级人物，大概也只有海遥一个了。她总能在我觉得这个社会要完蛋而想要放弃的时候，让我看见一抹亮色。

说起来有一天，和她聊起文风问题。她说“聿曰”总被别人吐槽没人气。其实我觉得还好，所谓的“没人气”，大概是说她太脱离于文本之外了吧，在许多文章里很难一下子看出她作为作者的影子。就像她所推崇的布朗肖一样，作者退出作品。但仔细读下去，会感到她对所提到的作家和作品充满着深深的爱。所以说，平淡中蕴含深情，是她所喜爱的文风，也是她自己的文风吧。不知道是不是因为看了太多的历史书，我第一次看她的文章也感觉不是很有“人味”，但是时间久了才会发现字里行间那份浓得化不开的深情，就像《史记》每一篇后的“太史公曰”，虽然有时候看上去毫无感情，但其实早已是司马迁血泪浇筑的文字了。当然了，“聿曰”的文章肯定没有那么“血腥”，我所看见的，多半是一个才气纵横的姑娘对生活的观察和思考，而这或许也是我所缺乏的吧。

比起大格局大历史观，我所在意的，多半是些细碎的个人感情，所以，于我而言，明清小品要胜于汉魏词赋，《尤利西斯》要好过《战争与和平》。但看见大格局大气魄的人和文章，还是会赞叹，此吾不能为也。有天和她交谈，发生了很少见的分歧：我喜欢清诗的细腻，而她更喜欢唐诗的大气魄；我喜欢桐城派、韩愈等古文家的文气贯通酣畅淋漓，而她更喜欢汉魏词赋的华丽披靡。有时候她会把这种东西叫“三观不和”。其实哪里是三观呢？只是个人的审美罢了，就像我明明更喜欢“聿曰”里的杂谈，可终究还是“书店巡礼”先出了书（耸肩）。但不管怎么样，我对她总是羡慕和喜欢的，羡慕她的才气，喜欢她的活力，也喜欢她偶尔的傲娇。有一次她和我说，她父母的一大怨念是没能把她培养成小公主。但这么活泼的田小姐，才更让人喜爱啊。

海遥会和朋友在聊得很嗨的时候讨论绝交时间和手段。这样的人，我还是头回见到，但是想一想还挺萌。我是向来信仰“衣不如新，人不如故”的。可她说，善始善终就很好，如果已经没有聊天的欲望了，硬要聊的话，反而更难过。说得很有道理啊。可是，善始不终不是更好吗？就像“聿曰”，就像许多许多的事情，我想我们渴望的，总是善始不终吧。

不管怎么说，从她的身上我总能看见更好的东西，在自惭形秽之余也会默默提升自己。所以，谢谢啦！

说起以前读《论语》的时候，看见孔子遇到楚狂，“终不得与之言”，特别难过。茫茫人海，能理解自己的人本就不多，遇到的概率就更小了，遇上了还不得与之言，放在我身上，那绝对要捶胸顿足自打二百耳光了。不过很开心，终于还是认识了呢！

在网上被用滥了的几句诗很适合形容我此刻的心情，“与君初相识，犹如故人归”，又或者是“这个妹妹我见过的”，再比如“白首如新，倾盖如故”……虽然认识的时间并没多长，但确实越来越喜欢海遥这个人。田小姐，你很棒，并且请一直那么棒下去！

不管怎么说，扯了这么一堆，到底这是她的书。虽然到现在还没真正见过面，但就这样通过文字沟通不是也很棒吗？好像冥冥之中回到了那个只有书信和电报的年月一样。感谢麦克斯韦，感谢爱因斯坦，感谢发明手机的那些人。书店什么的，等我去了北京，一定会按照“聿曰”的路线都走一遍的。也很好奇，那到底是个什么样的地方，成长起了田小姐这样的人呢？

还是很谢谢你啦，也祝开心，祝在国外幸福，祝书大卖！

未来还长，田小姐，请加油。

图书在版编目（CIP）数据

灯火夜微明：京城书店岁时记 / 田海遥著．—北京：中央编译出版社，2016.6

ISBN 978-7-5117-3003-9

Ⅰ．①灯…

Ⅱ．①田…

Ⅲ．①随笔—作品集—中国—当代

Ⅳ．① I267.1

中国版本图书馆 CIP 数据核字（2016）第 089699 号

灯火夜微明：京城书店岁时记

出 版 人： 葛海彦
出版统筹： 董　巍
策划编辑： 黄海明
责任编辑： 呼延华
责任印制： 尹　珺
出版发行： 中央编译出版社
地　　址： 北京西城区车公庄大街乙 5 号鸿儒大厦 B 座（100044）
电　　话：（010）52612345（总编室）　（010）52612313（编辑室）
（010）52612316（发行部）　（010）52612317（网络销售）
（010）52612346（馆配部）　（010）55626985（读者服务部）
传　　真：（010）66515838
经　　销： 全国新华书店
印　　刷： 北京兴湘印务有限公司
开　　本： 650 毫米 ×970 毫米　1/16
字　　数： 50 千字
印　　张： 18
版　　次： 2016 年 6 月第 1 版第 1 次印刷
定　　价： 49.80 元

网　　址： www.cctphome.com　**邮　　箱：** cctp@cctphome.com
新浪微博： @ 中央编译出版社　**微　　信：** 中央编译出版社（ID:cctphome）
淘宝店铺： 中央编译出版社直销店（http://shop108367160.taobao.com）（010）52612349

本社常年法律顾问：北京嘉润律师事务所律师　李敬伟　问小牛
凡有印装质量问题，本社负责调换，电话：（010）55626985

斑馬書店